KB165297

공정한 경쟁

대한민국 보수의 가치와 미래를 묻다

공정한 경쟁

이준석 지음
강희진 엮음

나무옆
의자

젊은 세대가 바라는
보수의 재구성

세상은 동영상의 시대에 접어들었다. 특히 정치의 영역에서 유튜브라는 장이 열리면서 다수의 이데올로그가 펜을 꺾고 마이크를 집어 들었다. 수만, 수십만의 대상자에게 거침없이 자신의 정치적 견해를 쏟아 내는 그들을 보고 있으면 이제 자신의 사상과 이념을 드러내고 타인에게 전파하기 위해 책을 수단으로 삼는 것은 시대에 뒤처진 방식이라는 느낌까지 든다.

하지만 본인은 자극적인 주제 선정과 선동적인 화법만으로는 풀어낼 수 없는 심각하고도 시급한 고민의 장으로 젊은 세대를 초대하고자 한다. 젊은 정치와 개혁보수가 선 중요한 기로 앞에서 잠시 숨을 죽이고 고찰의 과정을 통해 유튜브 동영상보다 구체적이고 함축적이며 빨리 감기가 되지 않는 글로 적힌 보수의 가치를 전파해 보고자 한다.

나는 지난 8년 동안 젊은 정치인으로서 경험하기 어려운 매우 중요한 역할들을 맡아 왔다. 대선 주자의 호출을 받아 새누리당의 비상대책위원으로 고위 당직을 맡아 정치에 참여하는 기회는 흔히 주어지는 기회가 아니다. 앞으로 다시 없을 파격적인 정치 입문 방식이고, 그래서 얻게 된 다양한 정치적 경험의 자산은 개인 이준석이 전유할 수 없는 것이 되었다. 그로부터 비롯된 시행착오와 연구, 고뇌의 결과물을 다양한 젊은 층과 공유하고 싶다.

솔직하게 생물학적으로 젊은 정치인으로 정치를 해 오면서도 최근까지 나의 주요 지지층은 전통적 보수 이념에 경도된 중장년층이 주력이었던 것은 사실이다. 〈지니어스〉 등의 젊은 세대가 즐겨 보는 예능 프로그램에 출연한 경험으로 일정한 인기도 있었으나, 무엇보다 본인이 창시한 고유의 정치사상과 정치적 행보에 공감되어 생긴 지지층이 아니라는 것은 분명했다. 굳이 이야기하자면 요리사가 음식의 맛이 아닌 다른 측면에서 지지를 받고 승부하는 느낌이라고 해야 할까.

　그러던 중 2018년 11월에 이수역 사건을 발단으로 거대한 젠더 갈등이 터졌고, 그를 기점으로 지금까지의 보수-진보 구조 사이에서 형성된 정치적 운동장이 아닌 다른 형태의 운동장이 마련되었다. 2019년 2월에 있었던 여성할당제에 대한 〈100분 토론〉을 기점으로 나는 의외의 영역에서 젊은 세대에서의 대중적인 인기의 기반을 마련하게 되었다. 단순히 표와 관심에 애걸하는 정치인의 관점에서 쾌재를 부를 것이 아니라 보수와 진보 양 진영에서 각자의 기성 문법으로 젊은 세대를 포섭하려던 문법 자체를 부정당한 것이었다. 기성 정치 세력에 대한 부정은 젊은 신진 정치 세력에게 블루오션과 같은 기회였고 동시에 부담스러운 새로운 매력적인 관점을 만들어야 한다는 부담감을 안겨 주었다.

　본인이 방송에서 활동하면서 이름을 알리고 즐겼던 분야는 정치 평론이었다. 정치 평론에는 분석력과 더불어 다소 음모론적인 예측력이 중요하다. 하지만 타인의 행동을 분석하고 예측하는 정치 평론은 한계성이 명확하다. 내 발언이 다른 사람의 사상과 지향점의 종속변수가 될 수밖에 없다. 이제 젊은 세대의 정치 담론이 기성세대의 과거를 평가하고 미래를 예측하는 수준에 머물러서는 곤란하다. 스스로 담론을 생성해 내고 그 담론을 밀어붙일 수 있는 추진력까지 갖춰야 하고, 젊은 세대 내에서 지향점을 만들어 내는 이데올로그와 추진하는 활동가, 그리고 그들을 뒷받침하는 지지 세력까지 수직 계열화를 이루어 내야 한다. 산업화 세력, 민주화 세력이 사회의 문제점을 해결하는 과정에서 정치 세력화를 해내고 정당까지 구축해 서로 주고받으며 정권 창출에 이르는 정도의 원초적이고 지속 가능한 동력이 필요하다.

그래서 작금의 젊은 세대가 정치의 주역이 되기 위해서는 산업화 세대가 이룩해 놓은 경제 발전의 영광과, 민주화 세대가 이끈 민주주의의 숭고함을 뛰어넘을 새로운 거대한 어젠다가 필요하다. 지금까지 젊은 세대의 울분과 욕구를 관통하는, 세대를 규정하는 목표가 무엇인지 기성 정치인들은 아무도 명쾌하게 풀어내지 못했다.

젊은 세대는 자연스럽게 진보적 가치들을 지지할 것이라는 오만함 속에서 조로해 버린 민주화 세대와 애초에 젊은 세대를 포기하고 자신의 지지층을 극대화하는 데에만 몰두했던 산업화 세대는 선거가 다가오면 흡사 도박판에서 상대방이 든 패와 판돈만 의식하며 눈치 게임을 지속해 왔다. 불만이 타오를 때 이를 잠재울 정도로 사탕을 던져주고, 지금 젊은 세대가 어려운 것은 상대 세력 때문이라고 면피를 위한 선동을 해 왔다. 이제 산업화와 민주화의 영광을 인정하면서도 더는 그 낡아져 가는 가치들로 젊은 세대에게 양자택일을 강요하는 것을 거부해야 한다.

이 책은 젊은 세대가 산업화 세대와 민주화 세대의 엉덩이 밑에 깔린 존재가 아닌 독립적인 어젠다를 가지고 움직여야 한다는 생각을 바탕으로 하고 있다. 그리고 그 어젠다는 '공정 사회'로 보고 있다. 젊은 세대가 원하는 공정의 가치를 지금의 집권 세력은 잘못 해석하고 있고, 공정과 평등의 가치를 실현하는 방식에 있어서 허덕이고 있다.

지난 평창올림픽 단일팀 논란과 일련의 젠더 갈등을 보면 이제는 기성세대가 전혀 이해할 수 없는 젊은 세대의 담론이 형성되어

가고 있다. 국가의 대북 정책을 위해서 수년간 국가대표가 되기 위해 땀 흘린 개인의 희생 정도는 받아들여야 한다는 시대착오적 전체주의는 과연 그 주장을 하는 사람들이 과거에 민주화 운동을 이끌었던 세대가 맞는지조차 의심하게 만든다.

젠더 문제에 있어서도 젊은 세대는 새로운 질서를 요구하고 있다. 기성세대는 자신들이 행했던 가부장적 질서로 여성에게 안겼던 불평등에 대한 보상 청구서를 뒤늦게 2030세대 남성에게 들이밀며 희생을 강요하고 있다. 미래 세대는 앞으로 산업화 세대와 민주화 세대가 그들 앞으로 남겨 놓은 대책 없는 부채들을 상속하지 않기 위해 더 강하게 투쟁할 것이다.

그리고 젊은 세대는 보수와 진보의 이념적 갈등 하에서 수명과 역할을 다한 구시대적 관점에서의 낡은 보수가 재구성되기를 원하고 있다. 박정희 전 대통령의 경제 발전에 대한 공훈을 인정하면서도 그 방식이 미래에는 통용될 수 없음을 보수는 받아들여야 하고, 새로운 보수를 설계하는 데에 적극적으로 나서야 한다.

2000년대 초까지 보수 진영은 안보와 경제, 교육의 관점에서 국민의 우호적인 평가를 받아 집권해 왔다. 그러나 상호주의 대북 정책에 대한 피로감, 낙수경제론을 기반으로 한 경제정책에 대한 집요한 공격, 경쟁 탈피의 교육제도에 대한 관심 등으로 비교우위를 상실해 가는 중이다. 보수가 굳건하게 서 있으려면 세 개의 다리가 필요하다. 진보 세력이 환경, 노동, 인권이라는 3대 가치를 발굴해 전면에 내세워 집권에 성공한 것처럼 보수는 다시 한 번 매력적인 안보, 경제, 교육관을 정립해야 한다.

이 책을 내기까지 지난 8년여의 정치권에서의 많은 경험과 더불어 직접적인 배움의 기회를 제공해 준 분들께 감사드린다. 특히 젊은 딜레탕트가 정치를 거시적 관점에서 장기적인 안목으로 볼 수 있도록 이끌어 주셨던 김종인 전 경제수석, 새로운 개혁보수의 길을 걷는 과정에 있어서 힘과 조언자가 되어 주신 존경하는 바른미래당의 정병국 · 이혜훈 · 유승민 대표, 그리고 젊은 세대의 정치를 재설계하는 데 있어 가장 강력한 동지가 된 하태경 의원, 그리고 항상 젊은 정치의 표상이 되어 주시는 오신환 · 유의동 · 지상욱 의원과 더불어 긍정적인 사고와 목표의식에 대해 많은 가르침을 주신 정운천 전 장관께도 감사와 함께 앞으로도 더 많이 배우겠다는 염치없는 인사를 드린다.

그리고 항상 부족한 지역위원장을 위해 사심 없이 헌신해 주신 손명영 사무국장과 김광수 · 유청 · 송인기 전 의원을 포함한 상계동의 당원들께도 이 공간을 빌려 그동안 내색하지 못했던 감사와 함께 필승의 의지를 드린다.

하지만 무엇보다도 페이스북에서 항상 소통하며 그릇된 의견을 말했을 때는 질타해 주시고 보완할 내용이 있으면 보충 자료까지 제시해서 내 생각을 업그레이드시켜 주는 7만 8,000여 명의 페이스북 팔로워와 친구들께 큰 감사의 인사를 보낸다.

이 모든 분에게 보답하는 방법은 젊은 세대의 정치 지향점을 명확하게 세우고, 새로운 보수의 가치를 세심하게 연마해서 세상에 전파하여 더 발전된 정치의 모습을 보여주는 것이라 믿는다.

2019년 6월
이준석

차례

Ⅲ. 북한

Ⅳ. 경제

Ⅴ. 교육

I. 젠더

뜨거운 감자,
젠더

—— 반갑습니다. 이준석 바른미래당 최고위원님을 모시고 21세기 대한민국의 현안인 젠더, 청년정치, 북한, 경제, 교육 등의 문제점을 살펴보도록 하겠습니다. 궁극적으로는 젊은 정치인으로서 이준석 최고위원께서 바라본 보수의 미래를 진단해 보는 시간이 될 것 같네요. 특히, 이번 대담집의 전체적인 주제는 이 최고위원께서 자주 강조해 오셨던 '공정한 경쟁'을 화두로 삼고자 합니다. 어떻게 지내시나요?

이준석 아주 바쁘게 지내고 있습니다.(웃음)

—— 현재 공식 직함은 어떻게 되시죠?

이준석 '배움을 나누는 사람들'의 대표교사, 바른미래당 서울특별시 당 노원구 노원병 당협위원장이기도 합니다.

—— 본론으로 바로 들어가 보죠. 우리 사회는 젠더(gender, 성) 문제로 아주 뜨겁습니다. 그 중심에 젊은 정치인 이준석 최고위원이 있습니다. 사실 젠더 문제는 정치인들이 피하고 싶어 하는 뜨거운 감자입니다. 그것을 겁도 없이 만진 것 같아요. 특별한 이유가 있나요?

이준석 정말 곤란한 문제입니다. 정치인들은 종교 문제나 남녀 문제를 건드리지 말자는 분위기죠. 잘못해서 말려들었다가는 정치적으로 이익은 없고, 된통 당하기가 십상이니까요. 왜냐하면 어느 한쪽을 편들었다가는 다른 쪽의 화를 돋울 수 있거든요. 하지만 저는 생각이 좀 다릅니다. 정치인은 한 사회의 예민한 사안 혹은 중요한 이슈에 대해서는 자신의 정치적인 실리에 상관없이 소신 있게 발언해야 한다고 생각합니다. 최근 우리 사회에서 가장 두드러지게 나타나는 갈등이 젠더 갈등이잖아요. 사회 갈등을 조정하고 통합해야 할 정치인이 이런 민감한 문제에 대해 해결의 실마리를 제시하지 않는다면 그것은 중대한 직무 유기입니다.

—— 역사적 사명감 혹은 정치적인 책임을 갖고 젠더 문제를 정치

이준석 그렇게 거창하게 접근한 것은 아니고요. 일종의 직업의식입니다. 정치인으로서의 직업의식이라고 해야 할 겁니다. 제가 처음 정치를 시작할 때 가졌던 마음가짐이 있었습니다. 제가 전공인 IT 사업이니 그때까지 해있던 '배움을 나누는 사람들' 일을 중단하고 왜 정치를 시작했겠습니까? 정치를 시작하면서 사업이나 봉사 활동에서 완전히 손을 뗀 것은 아니지만요. 정치를 하면 이룰 수 있는 일이 있을 거라고 생각했기 때문입니다. 그 믿음은 여전히 유효하고요. 정치인만이 할 수 있는 일이 분명히 있어요. 제가 생각할 때 젠더 갈등은 그중 하나입니다.

—— 이준석 최고위원께서 생각하는 젠더의 개념을 듣고 싶어요.

이준석 젠더는 차이를 말하는 것이죠. 가령 남자냐, 여자냐, 동성애자냐, 이성애자냐. 사람을 구분하는 척도 혹은 기준이 있을 텐데, 이 차이에 대해 엄청나게 의미를 부여한 거죠. 키 큰 사람, 키 작은 사람, 한국 사람, 일본 사람, 이런 식으로 속성으로 분류될 수 있는 것인데, 젠더는 이런 차이를 정치적으로 부각시켰습니다. 하지만 저는 차이를 부각시킬수록 문제가 더 복잡해진다고 봐요. 더구나 한국의 페미니즘은 자신들의 생각, 지향하는 바를 확실히 할 필요가 있다고 봅니다.

조금 더 구체적으로 말하면 미국에서 페미니즘은 남녀의 차이를 인정하는 쪽과 그렇지 않은 쪽이 있어요. 전자는 차이가 존재하니 보정을 해야 한다고 주장하고, 후자는 애초에 그런 차이는 없으니까 여성도 무슨 일이든 다 할 수 있다는 주장을 펼칩니다. 미국은 후자의 주장이 더 강해, 그것을 중심으로 논의가 이루어지고 있는 것으로 알고 있습니다.

우리나라는 남녀 차이가 존재한다는 것인지 존재하지 않는다는 것인지 분명하지 않아요. 그때그때 유리한 쪽으로 편승해 이익을 취하려는 것 같아요. 어떤 때는 차이가 존재한다며 보정을 주장했다가 불리하면 차이를 부정하는 경향이 있어요. 어느 쪽인지 입장이 정리되어야 사회적인 합의가 이루어져 정확한 정책을 만들 수 있죠.

—— 이준석 최고위원께서는 남녀의 차이를 크게 보지 않는 것 같아요.

이준석 저는 원래 과학을 공부한 입장이라 젠더 문제에 대한 처방이 좀 달라요. 여성의 진보는 사회적인 제도가 만들어 낸다는 믿음에 의구심을 갖고 있어요. 기본적으로 사회적 제도 하나만으로 여성에게 더 많은 자유와 행복을 보장해 줄 수 없다고 봐요. 이렇게 말하면 여성 정책을 만들려고 싸우는 페미니스트들이 난리를 칠 수도 있겠지만, 저는 그렇게 생각해요.

역사적으로도 여성과 남성의 차이를 제도적으로 보정하려는 시도는 크게 성공하지 못했어요. 사회학자들은 산아제한 덕분에 여성의 권익이 신장되었다고 하잖아요. 그런데 여성이 적은 수의 아이를 낳고, 수유나 육아에서 해방되고, 노동을 통해 자아를 실현할 기회를 가진 것도 피임법이 생겼기 때문에 가능했던 거죠. 현대와 같은 피임법이 없었던 조선 시대의 여성들은 아이를 낳고 기르느라 인생을 다 보냈어요. 과도한 출산 때문에 일찍 죽기도 했고요. 조선 시대 여성은 가부장제의 희생자였고, 또한 육아와 가사로 평생을 자식에게 매여 살았습니다.

요즘도 비슷한 나라가 있어요. 필리핀의 경우는 천주교의 영향으로 인공유산은 물론 피임도 쉽지 않은 모양입니다. 필리핀 시골에 가면 평생 아이를 낳고 돌보다가 늙고 병들어 죽는 여자가 많아요. 아이를 열 명 낳는다면 여성은 인생의 중요한 시기를 전부 육아로 보낼 수밖에 없어요. 후기 조선 시대에 이 땅을 둘러본 선교사나 외국인들이 쓴 산문을 읽어 보면 마흔 살 먹은 아낙네들이 할머니처럼 치아가 거의 없더라는 기록이 나와요. 저는 그것이 육아와 출산 때문이라고 생각해요. 당시는 지금처럼 분유도 없었잖아요. 예나 지금이나 여성들의 목소리가 아니라 과학기술의 진보가 진정한 여성 해방의 중요한 요소라고 봅니다.

이준석 그것이 사실입니다. 인류가 2차, 3차산업 시대로 진입했지만 여성에게는 육아와 가사 노동 혹은 신체적인 조건 때문에 애초에 진입 장벽이 있는 분야가 있었어요. 하지만 과학기술의 진보로 그런 분야가 하나씩 사라져 갔어요. 그리고 진짜 힘든 일은 기계나 로봇이 감당하는 상황이 온 것이죠. 이러한 상황이 앞으로 점점 가속화될 겁니다. 실제로 최근에 여성들이 여러 직군으로의 진출이 활발해진 것도 과학기술의 발달과 분리해서 생각할 수 없다고 봐요. 저는 기계의 발달이나 산업의 전환으로 여성의 사회참여가 더욱 촉진될 것으로 봅니다.

남녀 차이를 인정하고, 그것을 제도적으로 보정해 주려고 했던 시도들은 의외로 성공적이지 못했어요. 가령 정치만 해도 여성 비례대표를 50퍼센트 정도 할당하는데, 그 제도가 성공적이라고 생각하는 사람은 많지 않을 겁니다. 저는 회사의 여성 임원 수가 많고 적다는 것으로 여성의 불평등 문제를 다루는 것은 자연스럽지 않다고 봅니다.

정치적 올바름에
관하여

—— 요즘 한창 이야기되고 있는 정치적 올바름(political correctness, PC)에 대한 이준석 최고위원님의 견해가 궁금합니다. PC는 말의 표현이나 용어 사용에 있어 인종·민족·종족·종교·성차별 등에서 편견이 포함되지 않도록 하자는 주장인데, 현실에서의 PC는 그렇게 단순한 문제가 아닌 것 같습니다.

이준석 인간은 자연 상태에서 문화나 사회계약을 만들어 갑니다. 이런 문화적, 사회적 규범은 이런저런 시행착오를 거쳐 확립된 것입니다. 그 과정에서 어느 한쪽으로 치우친 것은 배제될 수밖에 없어요. 다시 말해 현재 남아있는 규범들은 역사적으로 상당히 정제된 것이라고 할 수 있습니다. 그런데 지금 정치적인 올바름의 이름으로 일어나는 일련의 사태, 사태라는 표현이 저는 과장이라고 생각하지 않습니다.

가령 오바마 전 미국 대통령이 연설할 때에 "신사 숙녀 여러분 그리고 동성애자 여러분"이라고 했습니다. 이 말은 정치적 올바름의 가장 상징적인 표현입니다. 그런데 이런 표현 속에는 전제가 있어요. "신사 숙녀 여러분"이란 인사말 속에는 동성애자에 대한 배척의 의미가 들어있다는 겁니다. 저는 그렇게 생각하지 않습니다. 캐나다의 트뤼도 총리도 결이 좀 다르긴 하지만 비슷한 발언을 했습니다. 맨카인드(mankind, 인류)라는 단어를 피플카인드(peoplekind)로 사용하는 것을 좋아한다고 했죠. 'mankind'보다 남녀 공통인 'people'을 붙인 신어로 사용하자는 제안입니다.

저는 이런 발언이야말로 정치적 올바름을 이용해 정치적 이익을 취하려는 태도라고 봅니다. 페미니즘에 편승한 거죠. 이런 행동은 대단히 인위적이란 생각이 들고, 저는 사람들이 본질적으로 성차별 의식을 가지고 있는지는 그런 용어 사용에 따라 결정되는 것은 아니라고 생각하거든요. 더구나 이런 용어 하나를 쓴다는 사실만으로 자신이 우월적인 위치를 확보한 것으로 생각하는 사람이 있어요.

사회운동에서 이런 현상들이 나타나는데, 자신의 일을 절대 선이라고 보는 겁니다. 선악 구도를 만들어 접근하는 거죠. 또 나는 배려심이 있고 다른 사람은 그렇지 않다, 이런 식으로 접근하면 반감이 생기죠. 이것은 게이나 레즈비언이 자기 권리를 찾겠다, 라는 당연한 노력과 좀 다른 문제예요.

―― 서울 S대 기숙사 동에서 남녀 학생 간 단체 미팅을 계획하자 한 학생이 "단체 미팅은 이성애 중심적 행사이고 성 소수자에 대한 배려가 부족하다."라는 취지로 행사 취소를 요구했답니다. 기숙사 조교는 사과문을 올렸고 단체 미팅은 취소되었다고 합니다. 이후 사연이 알려져 논쟁이 일어났고, 어떤 대학 단과대에서는 채식주의자를 위한 비건(vegan)용 간식만 준비해 불만을 터뜨린 경우가 있는 모양입니다. 비건은 육류, 생선은 물론이고 우유와 달걀, 꿀도 먹지 않는 엄격한 채식주의자의 음식이죠.

이준석 내 자유를 주장하는 행위, 혹은 차별받지 않을 권리를 주장하는 것은 너무나 당연합니다. 그런데 자신의 이런 주장이 다른 사람의 자유나 권리를 침해하면 안 되죠. 이런 것들은 엄격하게 다뤄야 합니다. 좀 과장된 주장일 수도 있지만 이런 식이라면 마라톤도 하지 말아야죠. 마라톤과 같은 육상 경쟁은 비장애인 중심의 행사란 말입니다.

제가 개인적으로 비슷한 경험을 했어요. 모 지방대학에서 토론할 때 유승민 후보는 여성부 폐지 공약을 놓고 누군가가 반여성주의자가 아니냐고 물어서 끔찍이 사랑하는 예쁜 딸도 있는데 어떻게 반여성주의자가 될 수 있겠냐고 했단 말이에요. 그런데 관객석에서 한 청년이 일어나 예쁜 딸이란 표현을 문제 삼은 것입니다. 외모 지상주의라는 거지요. 예쁜 딸이란 표현은 개인적인 평가이고 소견인데 말이죠. 만일 이런 식으로 따지면 사회적으로 하지 못할 말이 너무 많아요.

실제로 미국에서는 정치적 올바름을 주도한 8퍼센트 정도의 고학력, 고수익의 백인들에 대한 반감으로 성차별주의자이자 인종차별주의자로 집중적인 공격을 받았던 트럼프가 당선되었다는 말이 있어요. 저는 진보 매체가 정치적 올바름에 대한 소수의 견해를 지나치게 많이 인용하고 있다고 봐요. 그들은 자신들의 생각이 대중의 인식과 어떤 괴리가 있는지 깨닫지 못하는 사람들입니다.

—— 펜스 룰이 미국에서 성차별이라는 비판이 있습니다. 2002년 마이크 펜스 미국 부통령이 인터뷰에서 "아내 외의 여자와는 절대로 단둘이 식사하지 않는다."라고 말한 발언에서 유래된 용어죠. 펜스 룰이 미국에서 고용주 책임이라는 판결이 있었고, 그 때문에 직장에서 여성을 배제하거나 남녀를 분리한다고 합니다.

이준석 펜스 룰은 굳이 따지자면 학교 폭력을 없애려면 학교를 없애면 된다, 이런 주장처럼 들려요. 참인 명제이긴 해도 말도 안 되는 거죠. 너무 방어적이고 보수적인 논리입니다. 그리고 갈

등을 해결할 생각을 해야지 배제 혹은 분리한다는 것은 말이
안 돼요. 더구나 배제는 법적인 문제까지 생길 수 있습니다.

—— 그러면 이준석 최고위원께선 개인적으로 여자와 단둘이 만나시겠네요?

이준석 얼마 전에 표창원 민주당 의원이 작가와의 인터뷰 중에 이런
질문을 받았어요. "당신이 여자와 단둘이 앉아있었는데, 그 여
자가 당신에게 성추행 의혹을 제기하면 어떻게 하겠느냐?" 약
간 당혹스러운 질문이긴 합니다. "밀폐된 공간에 둘이 있었다
면 빠져나갈 방법이 있느냐?" 그러자 그 의원의 말이 "제가 있
는 모든 공간에 CCTV를 설치한다."라고 했어요. 구더기 무서
워 장을 못 담그는 꼴이죠. 그럼, 사람이 어떻게 살아요?
　　　　저는 단둘이 여성을 만납니다. 그리고 혹시 나를 만난
뒤에 엉뚱한 소리를 하는 여성이 있다면 그것은 사회가 걸러
낼 것으로 봐요. 우리 사회에서 미투(Me Too)가 터져 나오고,
나도 당했다는 여자들 중 일부가 허위인 것이 밝혀지고 처벌
받기도 했잖습니까. 그러면서 미투 과잉이 어느 정도 억제되
었고요. 이런 과정을 통해 사회적으로 미투에 대한 생각이
좀 정리되었을 것으로 보죠. 저는 사람들의 상식이나 통념에
의존하는 부분도 있어야 한다고 봅니다. 저는 하나의 문화가
그냥 만들어진 것이라고 믿지 않습니다. 수많은 시행착오의

결과입니다. 사회적인 통념이나 가치, 상식도 마찬가지입니다. 정치를 한다는 것은 그런 가치에 대한 믿음이라고 생각합니다.

저의 선택과 달리 아예 의심받기 싫어서 여자를 만나지 않는 사람이 있다면 그것도 존중해 주어야죠. 또한, 요즘 일련의 사회적인 분위기를 보면 그들의 선택을 나무랄 상황도 아니라고 봅니다.

—— 젠더 갈등의 원인이 페미니즘이며, 페미니즘은 정신병이고 파시즘이며 반지성주의라는 말에 대해 어떻게 생각하십니까?

이준석 제가 이 말 중에 일부 동의하는 바가 있다면 페미니즘이 다소 전체주의적인 성향을 가지고 있기 때문입니다. 페미니즘은 동질성을 가지고 있는 집단들의 문제점들을 그대로 노정하고 있다고 봅니다. 그들이 동질성을 확보하는 방법 중 한 가지가 이질성에 대한 공격이거든요. 페미니즘이 그것을 답습할 개연성은 충분하고, 어느 정도 답습하고 있다고 생각합니다. 단순히 여성의 권리를 주장하는 것에 그치지 않고 남성 혐오로 변질되는 것들이 상당히 목격되거든요. 그래서 그런 말씀을 드린 겁니다. 저는 질문에 대해 전적으로 동의하지는 않지만 이런 주장을 하는 사람들은 한국의 페미니즘 주류를 래디컬(radical) 페미니즘으로 본 것 같아요.

이준석 말도 안 되는 위험한 궤변입니다. 남자라는 집단을 잠재적인 가해자로 상정한 것이죠. 이느 정도 통계적인 상관관계는 있을지 몰라도 그것을 바탕으로 차별적인 발언을 하는 것은 위험하죠. 이런 식으로 접근하면 훨씬 신뢰도가 높은 통계가 많이 나올 거예요. 가령 몸에 문신을 한 사람이 젠더 폭력 가해자가 될 확률이 높다, 이런 것을 받아들일 수 있는 거죠. 만일 이것을 유의미한 사회적인 통계로 받아들이는 순간 사회 갈등은 아주 빈번해지겠죠.

"우리 집 옆에 장애인 학교가 들어오면 집값 떨어져. 그래서 장애인 학교는 안 돼요."라고 주장하는 사람들이 실제로 많이 있습니다. 앞의 말을 받아들이는 순간 이런 사람들을 어떻게 비판할 수 있겠어요. 이것은 굉장히 상관관계가 높은 이야기를 하는 것인데요. 그리고 젠더 폭력이란 말이 광범위한 범죄행위인데, 그 범위도 특정하지 않고 그런 식으로 말하는 것도 문제라고 봅니다.

큰 숙제,
작은 숙제

───── 얼마 전 「한국일보」가 갈등의 관점에서 한국 사회의 지형을 분석한 적이 있습니다. 그런데 갈등의 양상이 좀 복잡하더군요. 60대 이상은 이념을, 30~50대는 계층을, 20대는 젠더를 지목했어요. 한국 사회는 전통적으로 이념 갈등의 골이 깊었고, 그다음이 지역 갈등이었습니다. 한마디로 거대 담론이 약화되고, 젊은 세대에게는 미시 담론이 주요 담론으로 부상했습니다. 사실 아직도 우리 사회는 이념과 계층 갈등이 심각합니다. 그것은 북미회담이나 남북회담을 대하는 국민의 반응을 보면 금방 알 수 있습니다. 현재 우리 사회는 큰 숙제도 아직 해결되지 않았는데, 작은 숙제에 매달리는 것 같다고 할까요?

이준석 1960년대, 1970년대, 1980년대에는 농촌에서 공부를 잘해서, 혹은 공장에서 일하기 위해 서울로 올라온 사람들이 많았죠. 그들은 서울에 살면서도 자기 고향에 대한 정체성을 갖고 있었어요. 마음속에는 고향을 버리고 성공하기 위해 서울로 왔다는 부채 의식도 함께 갖고 있었을 거예요. 저는 그런 심리들이 뭉쳐 만들어진 것이 지역감정이라고 봅니다.

그런데 1980년대생은 수도권에서 태어난 인구가 절반이에요. 그들이 그대로 서울에 살고 있는 거예요. 그리고 사회 이슈를 주도하는 지역이 서울이고 수도권인데, 그들은 지역에 대한 정체성을 갖고 있지 않아요. 그러니까 지역에 편승할 이유가 없어요.

가령 제가 지역구 일로 호남향우회에 가 보면 40대 이하가 없어요. 가끔 아버지가 호남이라는 이유 하나만으로 오는 친구들이 있긴 한데, 그들은 그 자리를 불편하게 생각해요. 그래서 좀 있다가 빠져나가요. 왜 그러겠어요? 지역주의에 편승해 얻을 수 있는 이익이 없다고 생각하는 겁니다. 지역을 이용하고 편승하는 사람들도 있지만, 이제 지역은 정치적으로나 경제적으로 이용 가치가 현저히 떨어졌다는 겁니다.

제가 주목한 것은 계층 갈등입니다. 젊은 세대는 계층에 대한 문제의식을 느끼지 못한다는 조사가 있는데, 그것을 좀 디테일하게 들여다볼 필요가 있어요. 가령 40~50대는 취업을 못 했다면 본인만이 아니라 가족의 생계 문제와도 연관이 되니까, 아주 심각한 것이죠. 그들은 취업 혹은 실업의 문제를 자신의 문제로 귀착시키기보다는 사회문제로 환원해요. 그동안 경험했던 사회적 경험이 그런 인식을 가지게 만들었을 겁니다. 그런데 20대의 경우는 내가 취업을 못 했다? 그래, 그럼 시간을 좀 더 가지고 준비해 보자. 이렇게 문제를 자기화시키는 경향이 있는 겁니다.

하지만 취업한 남성의 경우 세대 갈등을 많이 표출합니다. 직장 내에서 그런 갈등을 몸으로 경험하니까요. 더 흥미로운 양상은 여성의 경우 직장 내에서 세대 갈등이 적게 발현된다고 합니다. 이것은 과학적인 근거를 두고 말하는 것은 아니지만 아마도 남녀 간에 신분 상승에 대한 욕구의 강도에 차이가 나기 때문이라고 봅니다. 갈등의 양상은 집단의 문제이기도 하고, 개인의 문제이기도 하거든요. 동일 집단이라고 해도 그 개인의 성이나 처한 상황에 따라 갈등의 양태는 다를 수밖에 없죠.

—— 젊은 세대의 계층 갈등은 이런저런 이유로 은폐된다는 것이군요. 흥미로운 통찰입니다.

이준석 이들의 관심사가 젠더에 집중될 수밖에 없는 측면이 있어요. 가령 여성에 대한 지원책을 정부에서 발표하면 저것을 왜 여자들에게만 주냐? 혹은 내가 소방관이 되고 싶어 시험을 보았다가 떨어진 경우, 불을 제대로 끄지도 못할 여성을 왜 뽑냐? 혹은 나는 군대에서 고생하고 왔는데, 정부는 왜 혜택을 주지 않냐? 그들의 관심이 젠더를 향해 열려있을 수밖에 없는 상황입니다. 아직도 계층의 문제가 자신의 당면 문제로 인식되지 않는 것이죠.

저는 젠더 문제를 해결하기 위한 여성할당제 등 복잡해진 성평등 정책이 더 많은 사회 갈등을 야기할 수 있다고 봅니다. 수치적 평등에 가까워지게 하려는 노력이 결국 우리 사회의 젠더 문제를 더 복잡하게 만들 겁니다. 젊은 남성들이 악플을 가장 많이 다는 유튜브가 뭔지 아세요? 여경을 주제로 한 홍보 영상입니다. 자신들은 도둑을 잘 잡을 수 있는데도 시험에 떨어졌단 말이지요. 그런데 여경은 치안 활동과 관계없어 보이는 홍보용 춤추는 영상이나 찍고 있고…. 이런 감정이 젊은 남성들에게 생기는 거지요.

—— 가령 국회의원이나 시의원 비례대표제의 경우 홀수는 여성이어야 한다는 규정이 잘못되었다고 생각하세요?

이준석 저는 문제가 많은 제도라고 봅니다. 구별로 구의회가 있어요. 저희 노원구 같은 경우는 스물한 명 정도의 의원이 있어요. 비례대표를 두 명 뽑아요. 그런데 한 당에서 비례대표를 두 명 당선시킬 가능성은 거의 없어요. 8대 2로 선거 결과가 나온다면 모를까.

　　각 당의 1번이 당선될 수밖에 없는 구조예요. 그러니까 여성밖에 될 수 없어요. 현 선거구제 제도 하에서는 여성이 그냥 되는 것이죠. 어떤 사람은 그것이 지역구에서 남성이 많이 되니까 제도를 그렇게 만들어 놓았다고 말할 수도 있겠지만 비례대표는 비례대표제 취지가 있는 거예요. 이 제도는 사실상의 여성할당제가 되어 버렸어요. 전문성을 가진 사람을 의회에 진출시켜야 한다는 것이 비례대표제의 취지인데 현재는 전문성을 가진 남성은 의회에 진출할 수 없는 거죠. 이것은 제도가 만든 불평등이고, 제가 생각하는 공정한 경쟁의 틀에도 어긋나요.

—— 젠더 갈등을 보면 가끔 20~30대는 왜 자기들끼리 싸울까? 이런 생각이 듭니다. 오히려 젠더를 의제로 삼을 것이 아니라 세대 문제를 들고나오는 게 합리적이지 않을까요?

이준석 저는 젊은 세대가 현재 한국의 경제 상황을 다 알고 있다고 봐요. 그들이 세대 전쟁을 하려면 우리 사회의 경제성장 가능성에 대한 확신 같은 것이 있어야 하죠. 하지만 문재인 정권 하에서 더 이상의 성장을 기대하지 않는 겁니다. 이런 상황에서 세대 갈등을 일으키면 자기가 연봉 2~3천만 원 받자고 연봉 5천만 원 이상을 받는 아버지 밥그릇을 빼앗는 꼴이 되고 맙니다. 그것은 합리적인 선택이 아니죠. 저는 이런 심리가 의식적으로 혹은 무의식적으로 반영되었다고 봅니다. 그러니까 이들은 난민 문제 등에는 과격하게 반응하잖아요. 그들과는 이해관계가 없으니까요.

—— 우리 사회의 갈등은 인종의 세력 혹은 남녀 간 충돌이잖아요. 그런 측면에서 남성도 할 말이 많을 겁니다. 남성 입장에서 보자면 이제는 여성들에게 공격당하고, 또한 세대 갈등도 함께 겪어야 하거든요. 젠더 갈등의 문제를 남성의 측면에서 한번 말씀해 주세요. 남성들이 생각하는 공정한 경쟁의 의미는 좀 다를 겁니다.

이준석 사적인 영역에서 공정함은 다양합니다. 대학은 자기들 기준으로 학생들을 선발할 수 있어야 합니다. 정부가 관여하면 안 된다고 봐요. 특히 사립대학의 경우 선발의 기준은 자율로 맡겨야죠. 기업의 경우 공정함이란 월급 대비 매출을 많이 낼 수 있는 사람을 뽑으면 되는 거죠. 그런데 그 공정함의 기준을 사회적으로 정의하려는 순간 굉장한 갈등을 야기한다. 저는 그렇게 생각해요.

저는 사기업에서 남녀평등을 주장해 할당제, 성별에 대한 우대 선발이 용인되면 안 된다고 생각합니다. 그리고 공적인 영역에서 할당제가 있잖습니까. 더구나 공적인 영역, 공무원의 경우는 평생을 갑니다. 그렇기 때문에 할당제 혜택을 받을 수 없는 남성은 더 많은 소외감을 느끼는 것 같아요. 저는 우리 사회에서 공정함의 정의에 대한 심도 깊은 토론이 필요하다고 봐요.

—— 최근 이준석 최고위원께서는 〈100분 토론〉에 출연해 여성할당제를 공격하면서 여가부가 상관관계를 인과관계로 이해하고, 여성의 취업 정책을 펼치고 있다고 호되게 비판했습니다. 당시 〈100분 토론〉의 내용은 전체적으로 화제가 되었는데, 여성할당제 정책에 관해 더 하실 말씀이 있을 것 같습니다.

이준석 인과관계가 있는 것은 정책화할 수 있어요. 단순히 상관관계만 가지고 인과관계가 없는 것을 정책화하면 안 돼요. 여성의 임원 비율과 그 기업의 경영 효율성과 인과관계가 있다? 여성 임원이 많으면 매출이 좋다? 그럼 여성 임원을 당연히 많이 뽑아야죠. 하지만 둘 사이에는 아무런 인과관계가 없어요. 여가부에서는 여성 임원이 많은 기업의 성과가 더 좋다고 주장합니다. 물론 그런 기업도 있을 수가 있겠죠. 이것은 여러 현상 중 하나예요. 뚜렷한 인과관계가 없는 현상을 가지고 여가부에서 정책화를 시도하려 했습니다. 국민연금을 여성 임원이 많은 기업에 우선 투자하겠다는 내용이었는데, 저는 이것은 젠더 문제를 사회 갈등을 야기할 수 있는 수단으로 썼다고 봐요.

당시 국민연금을 여성 임원이 많은 기업에 지원하겠다는 내용이었죠? 여성할당제에 대한 불만 세력도 있겠지만 사회 전체에게 이익이라고 정부가 판단했다면 국민연금을 그곳에 투자할 수 있는 거 아닐까요?

이준석 국민연금은 기금을 활용할 수 있는 원칙이 있어요. 수익성, 자율성, 운영의 독립성 등등 이런 것들이 나열되어 있어요. 그 내용에 사회적 목표는 없어요. 그러니까 그런 이유로 정부가 마음대로 재원을 쓰면 안 되죠. 국민연금은 고수익을 낼 수 있는 곳에 투자해야 합니다. 그것은 공공의 목적으로 쓸 수 없어요. 국민연금은 정부가 추구하는 가치를 위해 임의대로 사용할 수 있는 돈이 아닙니다. 정부가 그런 식으로 재원을 집행하겠다는 것은 아주 위험한 발상입니다.

제가 하버드 대학에서 공부할 때 일입니다. 학교가 연금을 투자한 기업 때문에 시위가 일어났어요. 학생들이 투쟁을 한 거죠. 내용이 뭐냐 하면 하버드 기금을 착한 기업에만 투자하라는 겁니다. 이 문제가 학생들 사이에서 논쟁이 되었어요. 학교 기금을 중국의 시노팩이라는 회사에 투자했는데, 시노팩이 아프리카 수단의 인종 갈등을 일으키는 지역에 지원하고 있다는 겁니다. 이것 때문에 학생들은 시노팩의 주식에서 돈을 다 빼라고 한 것이었어요.

하버드 기금은 수익을 얻어 학생들에게 장학금을 주

는 게 목적입니다. 만일 착한 기업에 투자해 수익성을 낼 수 없어 학생들이 장학금이나 복지 혜택을 받을 수 없다면 어떡합니까? 그것은 또 다른 가치 판단이죠.

—— 최근 젠더 문제의 중심에는 워마드가 있습니다. 워마드는 바른미래당이나 이준석 최고위원과 사이가 그렇게 좋지 않은 것으로 알고 있습니다. 먼저 이준석 최고위원이 생각하시는 워마드는 무엇인가요?

이준석 워마드 얘기를 꺼내기 전에 일베를 먼저 생각해 봐야 할 것 같습니다. 그들은 독재를 미화하거나, 전라도 사람이기 때문에 싫어한다, 이런 극우적인 발언을 아무런 죄의식 없이 마구 쏟아 놓았어요. 또 세월호 가족들이 광화문에서 단식 투쟁을 하고 있을 때 폭식 퍼포먼스를 한다든지, 사회적인 갈등을 촉발할 수 있는 행동들만 골라서 했어요. 그런 행동이나 발언으로 자신들의 존재를 과시하는 집단이에요.

　　　　저는 워마드도 별반 다르지 않다고 봐요. 특정 집단에 대한 분노를 자신들의 존재 근거로 이용한 대표적인 집단이 나치잖아요. 유대인 때문에 당신들이 못살고 있는 거다, 이런 주장을 하는 자체는 악의를 가진 과도한 것이죠. 일본 관동 대지진 당시 조선인들이 우물에 독을 풀었다는 유언비어를 퍼뜨리고, 그것을 근거로 죽창을 들고 조선인 잡으러 다녔어요.

이들은 정치적으로 극우 집단이고, 워마드도 비슷하다고 봐요. 남자니까 무조건 싫다, 이런 태도라면 분명히 문제가 있는 것이죠.

그때, 이수역에서는
무슨 일이 있었나

—— 워마드와 이준석 최고위원께서는 이수역 사건으로 악연이 시작된 것으로 보입니다. 하태경 의원 또한 "워마드를 없애든, 여성가족부를 없애든 둘 중 하나를 결판내야 할 때"라고 말했죠. 당시의 상황을 좀 들려주세요.

이준석 이수역 사건이 났을 때 제가 놀란 것은 속도였어요. 누가 맞았다고 하자 처벌해 달라는 청원이 쏟아졌잖습니까. 금방 30만 명이 달려들었단 말입니다. 이것은 조선인이 우물에 독을 풀었다는 유언비어의 전파 속도라고 할 수 있어요. 상식적으로 따져 보면 그게 말이 되지 않아요. 우물이 몇 개인데 그 많은 곳에 어떻게 독을 풀고, 독을 풀어 조선 사람들이 무슨 이익을 취하지? 금방 판단할 수 있는 문제입니다. 그런 상식을 무시

하고 자경단이 죽창을 들고 나갔단 말이죠.

이수역 사건도 당시의 주장이 이런 것이랑 다를 바가 없었어요. 술집에서 술을 마시는데, 화장을 안 하고 머리가 짧다는 이유로 남자가 여자를 머리가 파일 정도로 두들겨 팼다는 것이었죠. 그들의 주장은 상식을 가진 사람이라면 앞뒤가 맞지 않는다는 걸 금방 알 수 있었어요. 그 사건은 넷이 모텔 방에서 술을 마시다가 일어난 사고가 아니었죠.

청와대에 청원하려면 뭐가 이상하다, 이런 생각 정도는 해야죠. 사람들이 함께 이용하는 술집에서 이런 일이 있을 수 있을까? 앞뒤 따지지 않고 그냥 달려든 거였죠. 이 사건은 워마드가 자신들의 힘을 과시하기 위해 일으킨 것으로 판단할 수밖에 없어요. 필요에 따라 사건도 심하게 왜곡시켰고요.

여기서 제가 주목한 점은 이수역 사건이 터졌을 때, 남성들이 이 문제에 뛰어들어 사건의 전말을 빨리 밝히고 진실에 다가가려고 노력하지 않았다는 점이었어요. 특히 지식인들이 방관한 거죠. 민주당은 여성들이 수사를 받을 때 불편함이 없도록 해 달라고 경찰청장에게 부탁했고요.

"화장을 안 하고 머리가 짧다는 이유로 남자에게 당했다." 사람들이 믿고 싶었는데, 이런 현상이 나온 겁니다. 그래서 사람들이 허상을 보고 불나비처럼 달려들었죠. 그것이 사실일까, 혹은 날조된 것은 아닐까 의심해 보지도 않고 말입니다. 이것은 아주 위험한 단계라고 생각해요.

—— 정말로 워마드는 범죄 조직이고, 여성가족부는 없애야 할 부처라고 생각하세요?

이준석 저는 그렇게 생각합니다. 여가부는 범죄 집단인 워마드 문제를 공적인 부분으로 끌고 들어오고 있어요. 지금 여가부는 젠더 갈등을 조정하는 정부 부처가 아니라 이익집단화되어 가고 있어요. 노동부는 당연히 있어야겠지만 노조부가 있으면 곤란한 것이죠. 여가부는 여성의 이익집단으로 변하고 있습니다.

—— 페미니즘에 대해 진보 진영과 언론 등에서는 대체로 지지하는 분위기입니다. 그런데 워마드는 기존 한국 정치 지형에 온전히 포섭되지 않고 있어요. 좌우 개념 바깥에 있는 정치집단 같습니다. 급진적 우파로 보이기도 하고요. 아나키즘적인 모습으로 보이기도 합니다. 또한, 어떤 때는 유아적인 발상으로 자신을 표현하기도 하고요. 그들은 생물학적 여성인 박근혜 전 대통령에 대해 지지를 보냅니다. 이는 진보적인 페미니스트들과 전혀 다른 행태입니다. 또한, 민주적인 헌정 질서를 통해 탄생한 문재인 대통령에 대해서는 적개심을 드러내고 있더군요. 문재인 대통령을 나체 사진에 합성하기도 하고요.

이준석 그들의 논리가 대단히 빈약해요. 여성 관련 사건이 있으면 여성이라서 당했다, 이런 식의 주장을 내세워 이득만 취하려는 것이죠. 그들은 필요에 따라 남녀 차이를 부각하기도 하고, 어떤 시기에는 남녀 차이가 없다는 식의 주장을 펴기도 해요. 일종의 뷔페식 페미니즘이라고 할 수 있어요. 박근혜 후보가 여성이니까 찍으라는 논리와 여자는 무조건 단결해 여성의 이익을 지켜야 한다는 믿음을 가진 광신도 집단이에요.

그들은 진보나 보수의 이념을 가졌다기보다는 집단주의적인 성격이 강해요. 문재인 대통령에 대해서 개별 정책을 잘했다, 잘못했다가 아니라 그냥 남자이기 때문에 싫다, 이런 논리죠. 예전에 혜화역 시위 당시 문재인 대통령에게 투신자살하라고 구호를 외쳤어요. 그런데 문재인 대통령이 무엇을 잘못해서 그런 주장을 펴는 게 아니에요. 그가 남성으로 최고의 권력자이기 때문입니다. 그들의 주장은 여성이 피해를 입었고, 그것은 대통령이 아무 일도 하지 않고 있었기 때문이다, 라는 황당한 논리입니다. 그들은 약자인 여성이 단결해 남성에게 대항해야 한다는 것이죠.

만국의 여성이여, 단결하라! 이런 식이죠. 만국 노동자 단결을 외친 공산주의자들은 논리라도 있어요. 그러다 보니 자신의 이익을 관철하기 위해 열사가 필요했던 겁니다. 예전의 노동운동, 학생운동처럼 말입니다. 실제로 워마드를 학생노동과 노동운동에 비교한다는 것은 조직과 이념으로 볼 때는 낯 뜨거운 일이죠. 그래서 이수역 사건이나 강남역 살인 사건을 끌고 온 겁니다. 실제는 주취 폭력이나 묻지 마 살인인데요. 그런 사건들을 여성이니까 당했다는 것으로 몰고 간 겁니다. 왜냐하면 극단적인 여성 피해 사례를 만들어 내야 하니까요. 그것은 우리가 못사는 것은 유대인 때문이라는 주장과 별반 다르지 않습니다. 나치의 목적은 집단화된 적을 만들어 내는 것이었으니까요.

───── 워마드를 극단 혹은 극우 집단이라고 보고 있는 것 같습니다.

이준석 그들은 지나치게 극우적인 집단과 별반 다르지 않아요. 정확히 말해 정치적 집단이라고 볼 수 없어요. 처음에는 그렇지 않았겠죠. 하지만 어느 한쪽이 극단으로 치달으면 그것은 더는 정치집단이 아닌 경우가 많아요. 이념은 빠져나가고 증오만 남게 되니까요. 나치나 일본의 적군파가 그런 조직이죠. 애초의 이념은 어느 순간 소멸되고 극단적인 행동만 남은 반인륜적인 집단이라고밖에 볼 수 없어요. 좀 다르긴 하지만 태극기 부대도 극우의 선을 아슬아슬하게 넘어가고 있다고 봅니다. 그래서 저는 한국의 보수가 이들을 두둔하는 것은 바람직하지 않다고 봐요.

───── 워마드가 말이나 주장은 과격해도 실제 행동으로 보여준 것은 없는 것 같습니다.

이준석 저는 이수역 사건을 좀 다르게 보는데요. 워마드의 전신 버전이라고 할 수 있는 메갈리아에서 알게 된 두 여성이 술집에서 남성들에게 먼저 도발을 하거든요. 성적으로 극단적인 얘기를 했던 것이고. 실랑이가 있었을 때, 남성들이 화장을 하지 않고 머리가 짧은 여성들을 때렸다는 주장을 합니다. 당시 여성들은 체계적으로 움직여요. 30만 명 가까운 사람들이 청와대 청원에 동원되고, 두 남성을 궁지로 몰아갔죠. 저는 그들을 작년 말부터 주목했어요. 그들에 대해 어떤 행동을 취해야 한다고 봤습니다. 그들이 폭탄을 던지고 그런 것은 아니지만 그들이 뭉쳐 남성 둘의 인생을 도저히 회복할 수 없도록 작살낼 수도 있다는 것을 보여준 거잖아요. 이런 극단적인 사고를 지닌 집단이 9·11테러를 저지르는 겁니다. 미국에 경종을 울리기 위해 세계무역센터에서 근무하는 3천 명 정도의 희생은 정당화될 수 있다. 이런 극단은 이념이 아니라 아주 위험한 분노에 불과합니다.

—— 워마드는 박근혜 전 대통령 탄핵 소추 이후에는 그녀가 여성 혐오로 인해 마녀사냥식의 공격을 받은 측면이 있다고 말하기도 합니다. 그러면서 박근혜 전 대통령을 해님이라 부르기도 합니다. 박근혜 전 대통령과 이준석 최고위원의 특별한 관계를 생각한다면 위마드의 이런 주장에 대해 느낌이 묘한 것 같아요. 두 가지 질문을 드리겠습니다. 먼저 첫 번째로는

이준석 박근혜 전 대통령은 저를 정치에 입문시킨 사람이죠. 그런 점
에서 인간적인 고마움 혹은 부채 의식이 있는 것은 사실입니
다. 하지만 저는 좀 다르게 생각해요. 노무현 전 대통령의 경
우 김영삼 전 대통령이 발탁한 덕분에 정치를 시작했지만 두
사람은 결국 헤어졌잖아요. 노무현 전 대통령은 3당 합당을
받아들일 수가 없었던 거죠. 그래서 꽃길을 포기하고 어려운
길을 갈 수밖에 없었잖아요. 당시 김무성은 노무현과 달리 꽃
길을 선택했어요. 결국은 가시밭길을 찾아 나선 노무현은 그
이상으로 도약할 수 있었던 것이고요.

　　　박근혜 전 대통령은 권력을 잡기 전의 모습과 권력을
얻은 뒤의 모습이 너무 달랐어요. 그것은 저만 느낀 감정이 아
니에요. 실제로 보수 정치인들은 상당한 스트레스를 느꼈습
니다. 일반인들은 지지를 철회하는 것으로 자신들의 입장을
정리했고요. 저 또한 탄핵 국면에서 노무현 전 대통령과 같은
선택을 할 수밖에 없었어요.

　　　만일 박근혜 전 대통령이 개인으로 돌아왔다면 제가
고마움을 표현할 수 있겠죠. 하지만 아직은 박근혜 전 대통령
은 정치적 존재예요. 그 때문에 박근혜 전 대통령의 정치적인
행보에 대해 비판적인 입장을 취할 수밖에 없어요.

이준석 박근혜 전 대통령에 대한 그들의 태도를 보면 위마드가 이념을 의제로 다루는 집단이 아니라는 것을 분명히 보여주고 있어요. 이념으로 그들을 이해하려면 실체가 정확히 보이지 않아요. 박근혜 전 대통령이 집권하려고 했을 때를 생각해 보세요. 당시 구호가 '준비된 여성 대통령'이에요. 여성 대통령을 만들자는 것이죠. 하지만 공약 안에는 여성 대통령으로서의 진보적인 정책이 전혀 없었어요. 정확히 말하면 여성 대통령으로서 정체성을 찾아볼 수 없었고, 구호만 있었을 뿐이에요. 그런데 적법한 절차를 통해 탄핵된 전 대통령을 여성이라는 이유만으로 마녀사냥당한 것으로 밀고 가잖아요. 그들은 필요에 따라 탄핵과 정당한 법질서를 부정해요. 그것은 그들의 정서나 사상을 그대로 보여주는 발언입니다. 이것은 위마드가 태극기 부대와 비슷한 집단이라는 자기 고백 같은 말이죠.

워마드가 반이성 집단이라는 증거

────── 노회찬 정의당 의원이 자살한 뒤에는, 아파트 투신자살을 '회 찬하다'로 칭하자는 주장이 워마드 게시판에 올라왔답니다. 또한 "박근혜 등은 억울하게 옥살이 중인데도 꿋꿋이 버티는 데 남자들은 의심받고 추궁만 좀 받으면 목숨을 내던진다."라 고 조롱하는 글도 올라왔죠. 이런 글을 어떻게 생각하십니까?

이준석 노회찬 의원은 한국 정치 현실의 희생자입니다. 그분과 저는 정치적 견해가 다르지만, 그분이 돌아가셨을 때 저 역시 말할 수 없는 비통함을 느꼈습니다. 노 의원은 여성 혹은 정치적 약 자에 대한 정책을 펼치려고 노력했던 사람입니다. 그런 정치 인을 조롱의 대상으로 삼는다는 것은 워마드가 문제를 논리 적으로 접근하는 집단이 아니라 반이성 집단이란 증거입니다. 박근혜 전 대통령 문제도 마찬가지입니다. 워마드 운영진 일부가 박근혜 전 대통령과 일정한 관계가 있어요. 그런 측면에서 저는 워마드가 태극기 부대와도 통한다고 봅니다.

―― 사실 위마드는 남성 문제 외에도 극우적인 발언을 하기도 하니군요.

이준석 처음 출발은 어찌 되었든 남성 혐오 집단인 것은 분명해요. 워마드의 관심은 온통 그 문제에 쏠려있어요. 원래는 여성의 문제가 아니면 반응하지 않았어요. 그런데 가끔 여성 문제와 상관없는 극우적인 발언을 한단 말입니다. 가령 "현재 협상 중인 미국과 우리 정부의 방위비 분담금에 대해 줄다리기하지 말고, 우리 정부는 미국이 달라는 대로 돈을 다 주라."는 주장을 했죠. 그들은 주한 미군 분담금 등으로 미국과의 마찰이 있었을 때 한미 동맹 강화를 목적으로 미국 편을 들어요. 주한미군이 철수하면 안 된다는 생각 때문에 그런 과도한 주장을 한 거죠.

저는 워마드의 극우적 발언의 심리를 한번 추적해 볼 필요가 있다고 봅니다. 그들은 철저하게 가부장적인 질서 속에서 성장했을 겁니다. 그러니까 남성에 대한 극단적인 혐오를 표출하는 것이죠. 그런 환경에서 성장하지 않았다면 극단의 주장을 펼칠 이유가 없을 겁니다. 그런데 그들의 심리는 남성에 대한 혐오와 함께 가부장적인 질서가 무의식적으로 내면화되어 있을 것으로 봐요. 미워하면서 닮는다는 말이 있잖습니까. 저는 가끔 워마드가 남성 문제 외에 다른 문제에 대해 극우적인 발언을 하는 것은 그들 속에 내면화된 가부장제와 관련이 있다고 봐요.

—— 워마드 수사와 운영진에 대한 체포 영장 발부에 대해 "여성 혐오 사이트인 일베는 봐주면서 워마드만 적극 수사한다."라는 편파 수사 논란이 제기되었습니다. 당시 박지원 의원은 편파 수사라는 의견에도 귀 기울일 가치가 있다며 우리 모두 암묵적 일베가 아니었는지 돌아보자고 제안했어요. 박 의원의 말을 어떻게 생각하십니까?

이준석 저는 박지원 의원의 주장에 동의할 수 없습니다. 일베의 서버는 한국에 있기 때문에 문제의 글이 올라왔을 때 경찰에 요청하면 바로 협조가 이루어져요. 그런데 워마드는 서버가 외국에 있어요. 우리나라 경찰의 수사권이 미치지 못하는 곳에 있는 것이죠. 당연히 협조가 이루어지지 않고 있습니다. 그런 상황에서 운영진의 체포 영장을 편파 수사라고 할 수는 없는 일이죠. 그리고 박 의원이 말한 '우리 모두 암묵적 일베'라는 주장에도 저는 동의할 수 없어요. 한번 생각해 보세요. 워마드가 가부장제의 희생자라고 한다면 그들에게 피해를 입힌 세대는

50~60대일 것입니다. 우리 사회의 기성세대가 그들에게 남성 혐오의 씨를 뿌린 겁니다.

　　그런데 워마드가 공격하는 세대는 20~30대입니다. 어떻게 보면 그들이 대신 벌을 받는 꼴이죠. 이들은 전 세대보다 가부장제에 덜 노출되었어요. 이런 상황이라 20~30대는 여성에 대한 혐오 감정이 별로 없어요. 더구나 이들 세대는 여성의 비율이 15퍼센트 정도 적어요. 20~30대는 여성에 대한 가치를 낮춰 볼 수 없는 상황이에요. 이들에게 당신들도 암묵적 일베라고 하면 상당히 생뚱맞게 들릴 겁니다.

―― 실제로 페미니스트들은 워마드에 채무 의식을 느낀다고 해요. 그들은 워마드를 페미니즘의 아방가르드적인 측면이 있다고 보는 모양입니다. 페미니스트의 이런 주장에 대해 어떻게 생각하십니까?

이준석　저는 워마드가 우리 사회에서 금기시된 주장을 한다면 동조하는 사람이 있을 거라고 봐요. 특히 페미니스트들에게는 워마드가 자신들의 심층 속에 자리하고 있는 욕망을 대신 발산해 주는 측면이 있으니까요. 그런 점에서 워마드가 페미니즘의 불쏘시개 역할을 잘 해주고 있는 거죠.

　　그들은 페미니즘이 사회적으로 타오르도록 역할을 했고요. 페미니즘 운동을 하는 여성들에게 그것은 아주 큰 거죠.

무엇보다도 자신들이 어떤 주장을 할 때 사람들이 잘 쳐다보지도 않는데, 워마드의 과격한 주장은 언론의 관심을 받지 않습니까. 페미니스트들이 워마드에게 가지는 마음을 정확히 알 수 없지만 그런 채무 의식일 겁니다. 저는 페미니스트들이 워마드에 대해 채무 의식만 있는 것이 아니라 상당히 부담스러워하는 측면도 있을 거라고 봐요.

—— 이준석 최고위원께서는 문 대통령이 '젠더 갈등' 문제를 인식하지 못하고 있다면서 청와대 주변에 눈과 귀를 흐리는 세력이 있는 것 같다고 했습니다. 국가 통수권자가 젊은 세대들이 가장 첨예하게 느끼는 갈등을 제대로 인식하지 못할 때 어떤 문제가 생길 것 같습니까?

이준석 저는 누군가가 잘못 진언했을 수도 있다고 봐요. 사실 한쪽 편만 들어도 크게 무리는 없죠. 세상의 절반이 여성이고, 이들과 이들 견해에 동조하는 남성 일부를 포섭하면 불리하지 않아요. 오히려 선거에서 이길 수 있다고 말했을 수도 있죠. 젠더 문제를 정치적으로 이해하려면 그럴 수도 있다고 봐요.

민주당이나 청와대는 문제가 있으면 뭐든지 수당으로 해결하려고 하는 것이 문제입니다. 선거 전략으로 볼 때, 이게 좋을 수도 있지만 국가적으로 보자면 마이너스라고 생각해요. 여가부의 진선미 장관이 시행하려는 정책들을 보면 대단히 이념화되어 있어요. 아마 시민단체의 주장을 받아들인 것 같은데, 그것은 근본적으로 심사숙고해야 할 정책들입니다. 여가부가 제시하는 정책들을 정확한 논의 없이 실행하면 향후 20년 이상 새로운 사회문제를 야기하게 될 것입니다.

마녀미팅 전용관 대면인의 대화에서 있었던 남성 혐호 시위를 옹호해 문제가 되어 지방선거에서 곤욕을 치르기도 했고, 기성 정치인들은 청년층의 중요한 갈등 요인인 젠더 문제에 대해 정확히 이해하고 있는지 의문이 들 때가 많습니다. 바른미래당은 그나마 이준석 최고위원과 하태경 의원이 워마드와의 싸움의 중심에 있으셔서 좀 더 진지한 논의가 있지 않을까 생각해 봅니다.

이준석 종교 문제나 남녀 문제는 근본적으로 정치인들이 관여하려고 하지 않아요. 왜냐하면 잘 해야 본전이거든요. 잘못하면 정치적으로 치명상을 입을 수도 있고요. 그러니 정치인들이 이 문제를 피하려는 것은 당연해요. 그러다 보니 많은 정치인이 젠더 문제에 대해 가지는 이해도 그렇게 높지 않습니다.

저와 하태경 의원도 처음부터 젠더 문제에 대해 깊은 관심이 있었던 것은 아닙니다. 다만 우리 두 사람은 정치인들이 피하려는 문제를 정면으로 부딪쳐 보자는 생각으로 젠더 문제를 다루었습니다. 그리고 저희는 일방적으로 여성을 돕

기만 하는 정책이 절대 선이 아니라는 생각을 정치권에 일깨웠습니다. 저는 페미니즘 운동이 신성불가침의 영역이 아니라 논쟁의 영역이라고 봐요. 여성할당제를 도입하면 무조건 좋을 것이다, 이런 생각을 버려야 합니다. 민주당이나 정부 내에 이런 생각을 가진 사람이 많은 것 같아요. 정확히 따져 봐야죠. 그것이 종국에는 여성 자신들에게도 이익이 된다고 저는 생각합니다.

—— 이준석 최고위원께서는 군 가산점제 도입과 여성의 군 복무 기회를 고민하고 있다고 들었습니다. 왜 이런 정책의 입안이 필요하다고 생각했는지 궁금합니다.

이준석 정확히 말하면 군 가산점제 도입은 젠더 문제가 아니에요. 그런데 왜, 이 문제가 젠더 문제로 인식될까요? 현재는 사병 군 복무를 남자로 한정해 놓으니까 생긴 현상입니다. 이것을 보훈이나 군 경력 우대정책으로 이해하면 젠더 문제가 아니죠.

하지만 남성 징병제가 존재하는 한국에선 이게 젠더화되는 것이죠. 저와 하태경 의원은 군 가산점제를 비젠더화하자는 겁니다. 여성에게도 사병 복무의 기회를 열어준다면, 가산점을 원하는 여성은 군대에 가면 되는 것이죠. 남성은 징병제를 유지하더라도 여성에게는 선택의 기회를 주는 겁니다. 지금은 부사관에만 여성이 지원할 수 있거든요.

이런 식으로 제도를 바꾸면 군 가산점제는 남성 지원 정책이 아니라 군에 대한 지원정책이 되는 것이죠. 먼저 여성 사병 지원제를 도입하고, 그들이 제대할 시기인 2년 뒤에 가산점제를 도입하면 될 것 같아요. 공정한 경쟁을 위해서라도 이렇게 접근하는 것이 타당하다고 생각합니다.

Q&A
미니 인터뷰

생년월일
1985년 3월 31일

별자리는?
양자리

존경하는 인물(국내외)
오바마 전 미국 대통령

우리 역사에서 본받고 싶은 인물
정도전

어릴 때 장래 희망
지하철 4호선 기관사

좋아하는 음식, 싫어하는 음식
양념이 적은 음식, 양념이 많은 음식

감동 명언 세 가지

① 내일을 준비하는 대한민국이 당신을 빼놓지 않도록

(인구주택총조사 홍보 문구)

② 이라크 전쟁에 찬성하는 애국자도 있고, 반대하는 애국자도 있습니다.

(오바마 2004년 미국 민주당 전당대회 연설)

③ 그렇게 하면 대통령 자격이 있고, 그 아내를 그대로 사랑하면
대통령 자격이 없다는 말씀이십니까?(노무현 대선 연설)

인생철학 딱 한마디로

다른 사람에게 간섭하지 말고, 다른 사람에게 간섭받지 말자.

로또 1등에 당첨된다면 누구에게 가장 먼저 알릴까?

미래의 배우자

힙합 가수가 된다면 출 수 있는 춤

절대 할 수 없을 것 같다.

세 가지 소원을 빈다면?

당선, 당선, 당선!

II. 청년정치

새로운 시대,
새로운 시대정신

—— 이번 장에서는 청년정치에 대해 생각해 보고자 합니다. 이준석 최고위원께서는 청년정치의 상징이 되어 버렸습니다. 그래서 인간 이준석에 대해 궁금해하는 사람이 많습니다. 이준석 최고위원님에게 부여된 시대정신은 무엇인가요?

이준석 이제 새로운 시대가 왔습니다. 저는 그것을 피부로 느끼고 있어요. 1960~1970년대의 시대정신은 가난을 극복하기 위한 경제 부흥이었습니다. 그런 시대의 목표였던 산업화가 1990년대까지 힘 있게 진행되었죠. 그 과정의 임무를 초인적으로 수행한 사람들이 있었습니다. 포항제철의 박태준, 삼성의 이병철·이건희, 현대의 정주영. 그들은 삶 자체가 하나의 역동적인 드라마였고, 나중에는 신화가 되었고, 국민적인 영웅으로 추앙을 받았습니다. 그들은 자기 시대의 임무를 충실히 완수해 한국 국민을 가난에서 탈출시켰어요. 그 산업화의 중심에 박정희 전 대통령이 있었고. 그가 이룩한 위대한 업적 때문에 이명박과 박근혜도 대통령이 되었습니다. 보수 진영의 두 대통령은 자신들이 신화를 만든 것이 아니라 산업 시대의 영웅들과 박정희 전 대통령의 후광으로 일어났던 겁니다. 특히 박근혜 전 대통령의 경우에는 자신이 정치적으로 큰 업적을 만든 것이 아닌데, 박정희의 딸이라는 이유로 대통령이 된 것을 보면 우리나라 사람들 마음속에 박정희 전 대통령이 엄청난 영웅으로 자리 잡고 있었음을 말해 주는 반증입니다.

민주화 세력도 마찬가지입니다. 그들도 민주, 인권, 자유 등의 가치가 한국에 뿌리내리는 과정에서 형언할 수 없는 고초를 겪었습니다. 그들은 보수 세력이 덧씌운 빨갱이라는 누명까지 쓰고 한국의 민주주의에 헌신했습니다. 민주화 과정에서 탄생한 인물이 김대중과 김영삼이고, 그들은 자신들의 희생에 대한 보답을 정치적으로 받았습니다. 그 후광으로 탄생한 것이 노무현, 문재인 정권이고요.

한국 국민은 산업화와 민주화 과정에 시대의 영웅을 충분히 경험했습니다. 그리고 이제 더는 그런 영웅이 국가를 운영하는 시대는 끝났다고 생각합니다. 이는 산업화도 민주화도 한국에서 상당히 자리 잡았다는 뜻이기도 합니다. 이제 영웅이 정치하는 시대는 지났습니다. 국민도 영웅을 갈망하는 강박관념에서 벗어나야 한다고 생각합니다.

　　한국에서는 아직 젊은 정치인이 정치의 주역으로 떠오르지 못하고 있습니다. 그것은 국민이 영웅을 갈망하는 심리와 관계가 있다고 생각합니다. 하지만 앞으로는 정치 환경이 변할 것으로 봅니다. 특히 1980년 이후에 태어난 세대에게는 그런 드라마틱한 영웅의 탄생은 기대할 수 없습니다. 한국은 산업화도 민주화도 태동기를 지나 안정기로 접어들었습니다. 그래서 저는 그런 시대정신에 맞는 리더십이 부상하리라고 믿습니다. 이전 시대와 다른 시대정신을 가진 정치인이 리더가 될 것입니다. 저는 그런 시대정신은 다름 아닌 실력, 실력주의라고 생각합니다.

──── 이준석 최고위원께서는 전 시대 정치인들과 어떤 차이가 있습니까?

이준석　저는 어릴 때 상계동이라는 서민 주거 지역에서 자랐습니다. 아버지는 시골에서 올라와 대학을 졸업하고 직장을 구해 다닌 평범한 회사원이었습니다. 제가 당시는 되게 가난한 동네였던 상계동에 살았던 것도 아버지의 경제력 때문입니다. 아버지 월급으로 마련할 수 있는 주거 공간이 상계동이었던 것이지요. 제가 정치에 입문하고 얼마 지나지 않았을 때 작고하신 노회찬 의원님을 만난 적이 있었습니다. 그분의 지역구가 원래는 서울시 노원구 상계동이었는데요. 제가 과학고와 하버드 대 출신이다 보니 그분은 제가 강남 출신이라고 믿고 있었는데, 자신의 지역구 출신이라고 하니까 많이 놀라시더라고요. 저는 부잣집 아들로 태어나 드라마 〈SKY 캐슬〉에 나오는 것처럼 어마무시한 사교육 덕분에 과학고를 가고 하버드 대를 다닌 것이 아니에요. 정확히 말하면 그럴 가정 형편이 되지 못했습니다. 상계동은 몇 년 전에 tvN에서 했던 드라마 〈응답하라 1988〉에 나온 도봉구 쌍문동처럼 서민들이 살았던 동네였어요. 적어도 제가 어릴 때까지는 그랬습니다.

저는 실력으로 과학고를 갔고, 국가 장학금으로 하버드를 다녔습니다. 졸업 이후에는 미국에 남아 일할 기회를 가질 수도 있었는데 한국으로 돌아왔습니다. 제가 한국으로 온 이유는 아주 단순했어요. 나라의 특별한 혜택을 받았으니 사람들에게 돌려주어야 한다는 생각 때문이었습니다. 그때까지 저는 정치를 할 마음이 전혀 없었어요. 만일 그런 마음이 조금이라도 있었다면 공군 통역 장교가 되었겠죠. 그곳에서 군 복무를 하면 집안 좋은 친구들도 많이 알게 되고, 정치인들을 만날 기회가 많으니까요. 외고를 나와 하버드를 졸업한 제 친구 중에서 정치를 하려고 마음먹은 친구들은 공군 통역 장교로 갔습니다.

저는 IT 산업기능요원으로 뽑혀 월급을 250만 원 정도 받으면서 군 복무를 했습니다. 그때 '배움을 나누는 사람들'

이란 교육 봉사 단체를 만들었어요. 당시 이태원에서 살았는데 용산에서 저소득층 아이들을 모아 단체를 운영했죠. 운영비는 누구의 지원을 받은 것이 아니라 제 돈으로 했습니다. 당시에 서울과학고 출신으로 산업기능요원을 하는 후배들이 많았어요. 그들이 비영리 단체인 '배움을 나누는 사람들'을 많이 도와주었습니다. 그 더분에 단체가 엄청나게 활성화되었어요. 이명박 대통령 시절에는 청와대로 초청을 받았고, 신문에 대서특필되었고, 기업에서 지원도 받았습니다.

　　제가 그런 사업에 관심을 가진 것은 어렸을 적 동네의 기억 때문이기도 합니다. 저는 가난 때문에 교육을 받지 못해 계층 상승의 사다리가 끊어지면 안 된다고 생각하거든요. 그 생각은 정치를 하고 있는 지금도 마찬가지이고요. 저는 '배움을 나누는 사람들'이란 비영리 단체 활동의 운영자로 세상에 알려졌고, 박근혜 전 대통령에게 발탁되어 정치에 입문하게 되었어요. 그리고 정치가 자신을 펼치고 나름대로 사회에 기여할 수 있는 매력적인 영역이란 생각이 들었습니다. 제가 고등학교 때나 대학 시절에는 정치할 마음이 전혀 없었지만, 정치를 통해 사회에 기여할 수 있겠다는 믿음이 차츰 생기기 시작했어요.

　　저는 정치를 하면서 재미있는 경험을 했는데요. 그것은 사람들이 저의 사회 활동의 이력에 주목하기보다는 저의 실력에 관심을 보였다는 겁니다. 그래서 저는 우리 시대의 시대정신이 달라진 것처럼 새로운 리더십이 필요하다는 생각을 하게 되었어요. 다만 사람들의 생각이 쉽게 변하지 않는 것이 아니라 정치인을 선택하는 기준이 달라지지 않고 있습니다. 하지만 이제는 산업화, 민주화의 영웅이 더는 출현할 수 없는 시대입니다. 그런 시대는 이미 저물었는데, 아직 아침이 오지 않았을 뿐이죠. 그 아침을 열어야 할 의무가 젊은 정치인에게 있다고 생각하고요. 저는 그 몫, 새로운 시대정신을 담당하는 정치인이 되고 싶습니다.

—— 이준석 최고위원이 과학고 재학 시는 한국이 IMF 체제에 들어간 지 얼마 되지 않은 때여서 학생들은 너도나도 의대에 진학해 의사가 되려는 경우가 많았어요. 실용적인 학문을 해볼 생각은 하지 않으셨나요?

이준석 제가 서울과학고를 다녔는데, 실제로 친구들이 의대 진학을 많이 했어요. 2학년 때 조기 졸업을 하고 바로 의대에 간 친구도 있었고, 대학에서 과학을 전공한 뒤에 의전에 간 친구도 많습니다. 과학고 친구들이 의사가 많이 된 건 사실이에요. 하지만 저는 의사가 되겠다고 생각해 본 적이 없습니다. 일단 긴 시간 동안 의대 공부를 해야 한다는 것 자체가 부담스러웠고, 굳이 저까지 그 대열에 합류하고 싶지 않았습니다. 당시 저는 제 전공을 살려 IT 분야에서 승부를 볼 생각을 하고 있었습니다. IT는 높은 부가가치를 창출해 여러 사람을 먹여 살릴 수 있는 일이기 때문이죠. 그것이 저나 사회에 유익한 일이라고 믿었습니다.

───── 과학고 출신인데, 물리나 화학·생물 등의 전통적인 과학을 하지 않고 컴퓨터를 전공하셨어요. 특별한 이유가 있습니까?

이준석 물리, 생물, 화학은 실험을 많이 해야 합니다. 저는 실험하는 것이 생리에 맞지 않았어요. 그래서 할 수 있는 과목이 수학이었죠. 수학은 추상적인 학문입니다. 저는 실용적이고 구체적이며 현실에서 바로 쓸 수 있는 학문을 하고 싶었어요. 전공이 전산이 된 것은 그 때문입니다. 컴퓨터는 제 적성에 딱 맞는 분야였습니다. 전산, 컴퓨터는 도구이거든요. 생물학이 다른 분야에 도구가 되는 것은 무척 힘들어요. 전혀 불가능한 것은 아니지만요. 생물학이나 물리학은 그 자체가 목적인 학문이죠. 극단적인 예를 든다면 정치를 생물학으로는 풀 수 없지만 전산으로는 풀 수 있거든요. 전산은 도구적인 성격이 강해서 다른 것들과 결합성이 강해요. 다른 것과 결합해 새로운 영역을 창출해 낼 가능성이 크거든요.

　　　제게 과학은 목적이 아니라 도구였습니다. 그러니 응용과학이 체질적으로 맞았다고 할 수 있어요. 하버드에서 공부할 때 처음에는 컴퓨터와 생물학을 전공했고, 나중에는 컴퓨터와 경제학을 했어요. 그런 선택들을 보면 제가 지향한 것들을 어느 정도 알 수 있을 겁니다.

또한 과학고 시절 학생회 활동을 하면서 나름대로 몸에 체화된 정신이 있습니다. 그것은 내가 앞으로 무엇을 하든지 사회를 조금이라도 변화시키거나, 발전시킬 수 있는 일을 해야겠다는 것이었어요. 저는 고등학교와 대학 시절에 IT 업체에 뛰어들어 우리 사회의 변화를 주도해야겠다는 생각을 강하게 했었는데요. 그런 생각은 지금도 변함없고, 다만 IT 쪽에서 정치로 분야가 바뀌었을 뿐입니다. 돌이켜 보면 제가 과학고에서 순수 과학을 하지 않고 실용성을 중시해 전산을 하고, 결국 정치로 분야를 바꾼 데에는 그런 하나의 흐름이 있었던 것 같아요. 선택의 순간에는 알지 못했지만 시간이 지나고 나자 그런 흐름의 방향 같은 것이 있었죠. 요즘 그런 생각을 합니다. 제게 중요한 가치는 실용성이나 효용성 혹은 공정성, 한마디로 합리주의입니다. 과학을 공부하면서 저도 모르게 제 몸에 밴 정신 같아요.

'박근혜 키즈'
라는 말

—— 정치인 이준석, 하면 본인이 싫어하든 좋아하든 박근혜 전 대
통령이 떠오릅니다. 박근혜 전 대통령이 이준석 최고위원을
영입한 과정에 대해서 좀 말씀해 주시겠습니까? 사실 그 당시
언론에 처음 이준석 최고위원이 나왔을 때 사람들이 많이 놀
랐거든요.

이준석 정치를 하려면 몇 가지 조건이 충족되어야 한다고 봐요. 그것
은 국민이 나름대로 만든 기준 같은 거예요. 공부도 일정 수준
이상 되어 있어야 하고, 군 문제도 나름대로 해결되어 있어야
하고, 어느 정도 사회 공헌도 해야 할 것이고, 그러면서 지금
현재의 신분이 자유로워야 한다고 믿고 있어요. 이런 조건을
갖춘 사람이 많지 않아요. 그런 측면에서 박근혜 전 대통령이

저를 선택할 수밖에 없었다는 생각이 들어요. 인재들이 많은 것 같지만 모든 조건을 다 갖춘 사람은 찾기가 힘들어요. 박근혜 전 대통령 쪽에서 제의가 왔을 때 어느 정도 적극적으로 참여할지는 제 선택이잖아요. 그런데 저로서는 제가 전산을 했기 때문에 언제든지 다시 전공 분야로 돌아갈 수 있다는 믿음이 있었어요.

솔직히 말하면 당시는 비례대표 제의도 있었기 때문에 비례를 하고 원래 전공으로 돌아갈까 그런 생각도 했죠. 정치는 나이를 먹고 다시 할 수도 있는 거니까요. 그러다가 우연히 방송이란 영역으로 들어가게 되었죠. 제가 정치를 하면서 고민했던 부분이 경제적인 여건을 만들어 낼 수 있을까? 돈을 벌어야 생활을 할 수 있는 처지라 당연히 그런 생각을 할 수밖에 없었는데요. 방송이 경제적인 문제를 어느 정도 해결해 주었고, 또한 제 인지도를 만들어 주었어요.

—— 박근혜 전 대통령이 이준석 최고위원을 영입한 가장 중요한 업적이 '배움을 나누는 사람들'이라는 비영리 봉사 단체 때문이라고 봐야 할 것 같은데요?

이준석 그 때문에 제가 정치판으로 들어오게 되었죠. 하지만 박근혜 전 대통령은 제가 정치를 계속하리라는 믿음 같은 것은 없었을 겁니다. 박근혜 전 대통령의 입장에서 저는 하나의 소모품이었죠. 만일 당신이 저를 정치인으로 성장시켜야겠다는 마음이 있었다면 어떤 식으로라도 후원을 했겠죠. 그런데 후원이 없었어요. 그렇기에 이해관계는 있어도 종속 관계는 생기지 않았죠. 돌이켜 보면 그것이 제게는 행운이었어요. 제가 당에서 비대위원을 했는데도 당신이 임명한 자리에 간 적은 없기든요. 그분과 저는 한미디로 서로 이익이 되는 관계였습니다. 애초에 저를 영입한 것도 봉사 단체를 한다는 이유로 한 것이니 그럴 만한 이해관계가 없었고요. 한번 생각해 보세요. 만일 그분이 저를 정치적으로 육성하기 위해 직책을 주어 청와대로 불렀다면 제 입장에서는 그 제의를 받아들이지 않을 수 없었을 겁니다.

—— 당시 김종인, 이상돈 교수도 비대위원이었죠.

이준석 그분들도 저와 비슷했죠. 비대위원이라는 것이 대통령과 주종 관계로 엮인 것은 아니거든요. 이상돈 교수 같은 경우는 4대강 때문에 이명박 전 대통령을 문제 삼겠다고 환경부 장관을 하고 싶어 했어요. 그 직책을 하고 싶다고 떠들고 다닌다는 뒷말이 나왔거든요. 오히려 그것 때문에 눈 밖에 난 것으로 보여요. 박근혜 전 대통령의 성격상 당사자가 자신이 맡고 싶은 직책에 관해 앞장서 말하는 것을 좋아했을 리가 없죠. 이상돈 교수 입장에서 보자면 이용만 당하고 자리를 못 받은 셈이에요. 그분은 박근혜 전 대통령을 통해 직책을 맡아 4대강 비리를 파헤치려는 분명한 목적이 있는 것으로 보였거든요. 저와 김종인 그리고 이상돈 비대위원들은 정권 탄생의 공신임에도 당신이 권좌에 오른 뒤에 이렇다 할 혜택을 전혀 보지 못했어요. 결과적으로 박근혜 전 대통령과는 등을 돌린 꼴이 되고 말았죠.

—— 이준석 최고위원께서는 박근혜 대통령 만들기의 공신인데, 박근혜 정부 출범 이후 권력의 중심에서 멀어졌어요. 그 과정을 궁금해하는 사람이 많습니다. 결국 박근혜 전 대통령 탄핵 후에 바른미래당에 합류하게 되었는데, 일련의 정치 행보를 함께 설명해 주세요.

이준석 저와 박근혜 전 대통령은 생사고락을 같이하는 동지적인 운명체는 아니었거든요. 저는 그렇게 될 수도 없었고요. 만일 제가 이권을 원했다면 권력을 쫓아갔겠죠. 어떤 식으로든 그들과 결합을 했겠지만 저는 그럴 생각이 없었거든요. 물론 저만의 상상입니다만, 제가 만일 박근혜 정권에 대해 옹호 또는 우호적으로 2년 차 정도 활동했다면 3년 차 정도에는 비서실에 들어갈 수도 있었겠죠. 아니면 정부 부처에 정치인들이 받을 수 있는 자리를 받았을 수도 있고요. 그러나 제게는 그런 자리들이 별로 매력적이지 않았어요. 손수조 씨 경우는 박근혜 전 대통령에 대해 대단히 우호적인 발언을 많이 했던 것으로 기억해요. 그래서 나중에 청년특별위원회 위원이 되었죠. 그 직책이 차관급 정도 되는 직책입니다.

저는 그렇게 할 수 없었어요. 저 스스로 앞으로 남은 날이 너무 많은데, 지금 내 원칙을 지키지 않고, 권력에 굴복하면 오래 못 간다고 믿었죠. 그런 제 신념을 손수조 씨에게 직접 말하기도 했고, 공개적으로 말하기도 했어요. 제 원칙은 합리주의입니다. 상대가 누구든 최고의 권력자라고 해도 제가 세운 원칙에 어긋나면 타협할 마음이 없어요. 그것은 앞으로도 마찬가지고요.

나를 키운 건
토론의 경험과 종편

—— 요즘 이준석 최고위원께서는 언론 매체에서 종횡무진 눈부시게 활약하고 있어서, 정치도 좀 젊어져야 한다는 사람들이 많습니다. 사실 한국에서 청년정치의 필요성을 국민에게 각인시킨 사람이 이준석 최고위원이라는 생각도 듭니다. 다른 정치인들과 비교해 유달리 매스미디어 노출이 많은데 특별히 그런 이유가 있습니까?

이준석 연예인들은 훈련이 필요한 것이긴 하지만 혼자서 할 수 있어요. 혼자서 춤을 춘다든지 혼자서 노래를 부른다든지 혼자서 연습을 할 수도 있는데, 정치인은 좀 달라요. 정치인들은 정견을 얘기하고 토론하는 것을 혼자서 할 수가 없어요. 계속 대련을 해야만 발전할 수 있거든요. 그런데 그것을 할 수 있는 기회 자체가 쉽게 얻을 수 있는 것이 아니에요.

가령 정당을 대표해 토론에 나가려면 우선 직위가 있어야 해요. 그런데 젊은 사람들은 그런 직위를 받아 본 적이 없거든요. 직위를 받아 다른 정치인들과 토론을 해본 젊은 사람은 제가 거의 유일하고요. 저는 제가 비대위원으로 출발했기 때문에 토론에 나가면 상대로 김부겸 의원, 노회찬 의원 등이 나왔어요. 제 입장에서는 아주 고급의 대련, 훈련 기회를 얻은 셈이죠. 방송 토론이라는 것이 생각보다 쉽지 않아요. 공부를 많이 하고 들어가도 준비한 것과 전혀 다른 질문이 나와 당황하는 경우도 있고요. 저는 그 과정을 처음부터 잘 소화한 편이었어요.

—— 과학고나 하버드 대학 시절에 토론할 기회가 많았나요?

이준석 과학고 선후배들끼리 커뮤니티 사이트가 있었어요. 제가 서울과학고 13기인데 1기부터 들어와 있는 모임이었어요. 인터넷 카페, 이런 것들이 생기기 전부터 운영된 사이트였어요. 그곳에 정치 토론장도 있었는데 굉장히 고차원적인 토론이 많이 이루어졌어요. 과학고 선후배 중에는 사람들이 생각하는 것보다 훨씬 더 인문학이나 정치학 등에 밝은 사람들이 많았어요. 그 때문인지 토론이 은근히 치열했고요. 궤변에 가까운 토론도 많았어요. 나중에 정치 토론을 하면서 그런 황당한 궤변들이 논리를 전개하는 데 도움이 많이 된다는 걸 알게 되었죠. 왜냐하면 토론장은 사람들이 생각하는 것처럼 점잖은 논리만 주고받는 곳이 아니거든요. 제가 현실 정치에 들어올 때까지 그곳에서 한 10년 넘게 토론을 했어요.

—— 정치에 처음 나오셨을 때보다 지금의 방송 환경도 많이 달라졌죠?

이준석 사실, 방송 환경이 이준석을 정치인으로 키우는 데 중요한 역할을 했습니다. 종편이 생기기 전에는 방송 토론을 할 기회가 많지 않았어요. 예전에 〈100분 토론〉을 생각해 보세요. 그 프로의 위상이 요즘하곤 너무 달랐죠. 그 이유는 그런 프로가 많이 없었기 때문입니다. 당시 〈100분 토론〉에는 여야의 중요 정치인들만 나왔어요. 그 프로그램에서 토론을 한다는 것 자체가 특권이었습니다.

그런데 말씀하신 대로 방송 환경이 종편 때문에 많이 변했습니다. 정치인들이 토론할 기회가 많이 생겼죠. 토론의 장이 열 배 정도 늘어났고, 논객들을 발굴하는 과정이 있었어요. 제가 정치를 시작할 때가 종편이 생긴 지 한 달 정도 되었을 때였어요. 종편의 시작이 제 정치의 시작과 똑같지요. 종편 입장에서는 신선하면서도 새로운 논객이 필요했고, 저로서는 토론장을 만난 셈이었죠.

—— 토론할 때 따로 원고를 준비하시나요?

이준석 토론 준비를 하고 들어가면 오히려 불리해요. 우선 토론의 장이 자신이 원하는 대로 흘러가지를 않아요. 또 준비하고 들어가면 자기가 준비한 말을 해야 한다는 강박 때문에 엉뚱한 말을 하는 경우도 많고요. 토론에서 중요한 것은 자기가 하고 싶은 말과 대중이 듣고 싶은 말을 구분하는 겁니다. 토론자는 그것을 알기가 쉽지 않아요. 토론의 흐름은 사회자가 제일 잘 알아요. 그와 호흡을 맞춰 토론을 진행해야 해요. 원고를 가지고 들어가서 원고대로 토론했다가는 낭패를 당할 수 있어요. 시청자는 그런 출연자를 원하지 않아요. 당연히 방송 출연을 못 할 수도 있어요.

—— 이 최고위원님을 정치인이 아닌 연예인으로 생각하는 사람이 있을 정도입니다. 이런 사람들에게 하고 싶은 말이 있습니까?

이준석 어떤 사람은 윤종신 씨를 가수라고 제대로 알고 있죠. 하지만 어떤 사람은 윤종신 씨가 노래를 발표하면 방송인이 노래한다고 오해를 합니다. 그 사람을 처음 알았을 때의 인상으로 기억하는 거죠. 저는 박근혜 전 대통령에게 발탁되어 비대위원으로 정치를 시작했는데, 어떤 사람은 제가 방송에 출연해 이름을 얻고 나서 정치인이 된 줄 알아요. 대중은 자기 원하는 대로 정보를 얻는 경향이 있습니다. 하지만 그런 오해들은 어느 날 자연스럽게 풀리는 법이죠. 그래서 저는 사람들이 저를 연예인으로 생각하든 정치인으로 생각하든 그다지 신경 쓰지 않아요. 훗날 제대로 알 것이라는 믿음을 갖고 있죠.

—— 차라리 사업가나 과학자가 될 걸 내가 길을 잘못 든 것 같아, 그런 생각이 들 때도 있을 것 같아요.

이준석 저는 전공이 전산입니다. 전산이란 분야의 특징은 언제든지 다시 할 수 있다는 거예요. 생물이나 다른 과학 분야는 5년 정도 떠나있다가 다시 시작할 수가 없어요. 트렌드가 빨리 변하고 어떤 경우에는 자신이 연구하던 분야가 없어지기도 하니까요. 그런데 전산은 그렇지 않아요. 오히려 다른 일을 하면 기회가 늘어날 수도 있어요.

저는 여러 가지 검토를 해본 뒤에 조만간 여론조사 회사를 차릴 생각입니다. 그것은 제가 정치에 몸담아 봤기 때문에 가능한 일이라고 생각합니다. 만일 제가 정치를 하지 않았다면 벤처 사업가가 되었을 겁니다. '배움을 나누는 사람들' 일도 열심히 했겠죠. 앞으로 그런 일들을 할 가능성이 없는 것은 아닙니다. 그리고 제가 정치를 선택하길 잘했다는 생각을 할 때가 있어요. 저는 정치판에 현재까지 남아있는 가장 젊은 사람이라는 생각도 들어요. 희소성의 측면에서 보자면 그렇다는 겁니다. 또 정치를 통해 제가 품었던 이상들을 구현할 수 있을 것 같아요.

—— 정치를 사명감이 아니라 직업의식으로 하시는 겁니까?

이준석 정치를 직업으로 생각하면 버티기가 쉽지 않아요. 정확히 말씀드리자면, 할 수가 없어요. 정치는 결국 선거라는 경쟁을 통해 올라가야 하는데, 직업의식으로 하겠다는 사람은 사명감을 가진 사람을 당할 수가 없어요. 저는 둘이 적당히 섞여있어야 한다고 생각합니다. 그리고 요즘은 정치인을 보는 사람들의 시선도 달라졌고, 정치인들도 머지않은 장래에 대폭 물갈이가 될 것으로 믿어요. 특히 저는 정치인들에 대한 평가 기준이 곧 달라질 거라고 봐요.

공학도가
바꾸는 세상

—— 이준석 최고위원께서는 공학도입니다. 공학이라는 것이 원인이나 과정보다는 눈에 보이는 결과를 선호하는 학문이죠. 그런 측면에서 공학적인 사유를 하는 사람과 정치는 썩 어울리는 분야가 아니라는 생각도 듭니다. 왜냐하면 정치는 결과도 중요하지만 과정이나 명분도 중요하니까요.

이준석 그렇지 않습니다. 공학은 실체화하거나 구체화하는 직업이라고 봐야 합니다. 물건을 만들어 다른 사람들에게 보여주어야 하는 사람들이 공학도이죠. 우리나라 정치에는 율사가 너무 많아요. 그들은 항상 옳고 그름을 판단하는 사람들인데, 그것만으로는 그다음 단계가 뭔지 말할 수가 없어요. 비하할 생각은 없습니다만, 율사들은 실제로 새로운 것을 만들어 본 경험이 없어요. 그들은 판단을 내리는 것이 직업이니까요. 공학은 성과를 내려면 뭐든지 만들어야 하거든요. 그래서 공학적인 사유가 정치하는 데 장점이 될 수 있다고 봐요.

중국의 지도부들을 한번 생각해 보세요. 우리가 생각하는 것보다 공학도 출신들이 훨씬 많아요. 후진타오 전 국가주석은 댐 기술자였습니다. 중국은 전통적으로 물을 다루는 것을 나라의 중요한 사업으로 여겨요. 장쩌민 주석도 자동차 공장 기술자였고, 원자바오 총리는 광산 기술자예요. 현재의 시진핑 주석은 화학과 법학을 전공했고요. 저는 이런 사실을 오래전에 알았고, 하버드 대학에 갈 때 에세이에서 언급한 적도 있어요.

중국은 문화혁명 이후에 지도체계 내에서 공학자가 주류로 자리 잡았던 것 같아요. 원래 공산국가는 정치사상을 담당하는 당원 출신들이 당과 국가를 이끄는 관료가 되는 구조였거든요. 그만큼 중국은 문화혁명의 후유증이 컸고, 그 뒤로 나라가 달라졌다는 뜻입니다. 여기서 우리가 주목할 점은 중국의 많은 지도자가 공학도임에도 불구하고 정치의 주류에 편입해 나라를 움직이는 지도자가 되었다는 겁니다. 우리도 새겨들어야 할 대목입니다.

—— 하버드 대학에 제출한 에세이 내용이 구체적으로 뭐였죠?

이준석 하버드에 입학할 때 에세이 두 편을 제출했어요. 하나는 제가 과학고에서 학생회 활동을 하면서 삼성과 협상하여 컴퓨터를 과학고에 가져온 것을 내용으로 한 글이었고, 다른 하나는 공학도가 세상을 바꿀 수 있다는 내용의 글이었습니다. 당시 댐 기술자 출신 후진타오가 앞으로 중국을 이끌 지도자가 됐다는 것을 신문에서 읽었어요.

—— 과학도라 그런지 과학에 대한 믿음이 크군요.

이준석 저는 세상을 바꾸는 것은 법과 제도가 아니라 과학적인 진보 혹은 발전이라고 봐요. 그래서 중국에서 과학을 실용적으로 응용하는 사람들인 공학도가 정치의 주류로 부상한 것이 필연적인 결과라고 보고 있죠. 물론 문화혁명이라는 특수한 정치적인 상황이 있었지만요. 저는 한국의 정치는 율사들의 카르텔이 정치 발전을 막고 있는 측면이 있다고 생각해요. 한국의 정치판은 다양성을 상실한 집단이에요. 저는 중국의 급성장은 실용적인 공학도가 나라를 운영하는 것과 어느 정도 관계가 있다고 보거든요.

청년정치와
바른미래당

올 요즘 바른미래당은 청년정치의 모토가 눈에 띕니다. 그것은
이준석 최고위원과 하태경 의원이 청년을 자신들의 정치적
기반으로 확장하겠다는 의지 때문이기도 하겠지만 그보다는
사회 현안에 적극적으로 반응하기 때문인 것 같습니다.

이준석 저희 당은 기득권 정치에서 소외된 사람들이 모인 집단이거
든요. 우리나라는 양당으로 나뉘어 있고, 그곳에 들어가지 않
으면 정치를 할 수 없는 상황이 문제예요. 바른미래당 정치인
들은 그것을 혁파하자는 정치적 목적을 가졌어요. 그리고 사
회에서 이런 세력을 찾는다면 젊은 층입니다. 더구나 젊은 세
대가 요즘 보수화되고 있는 것이 현실입니다. 그런데 그들의
정치적인 요구를 자유한국당이 받아들일 수 있을까요? 그런

점에 대해 저는 대단히 회의적입니다.

—— 나이 어린 사람들이 모인 커뮤니티 사이트들이 대개 '일간베
스트저장소' 비슷한 성향을 보이나요?

이준석 일베는 50~60대 사람들이 많고, 평균 나이는 40대 후반쯤 될
거예요. 두 집단은 결이 완전히 달라요. 일베가 전통적으로
민주당은 '빨갱이' 이런 극단적인 표현을 일삼는 집단이라면,
20대들이 모이는 커뮤니티 사이트는 문재인 정권의 정책에
거부감이 강해요. 가령 젠더를 이슈화해 펼치는 여성할당제
에 대한 비판이 여러분이 생각하는 것보다 강해요. 그들은 성
의 차이를 강조해 여성들이 특별한 대접을 받는 것은 공정하
지 않다고 보는 거예요. 공정한 경쟁이 아니라는 것이죠. 문
재인 정권 입장을 보자면 보수는 보수대로 진영이 확대되어
가고, 20~30대에서도 반문재인 정서가 확대되어 갈 것으로
봐요.

—— 실제로 바른미래당에 청년의 비율이 높은가요?

이준석 바른당 시절에는 정의당보다 청년의 비율이 높았어요. 그런데
미래당과 합치면서 청년들이 많이 이탈했죠.(웃음)

―――― 바른미래당에서 그들의 역할은 무엇입니까? 실제로 정치는 일반인들이 생각하는 것보다 훨씬 노련한 고수들의 게임이라 실전 경험이 많이 필요한 것인가요? 만일 그런 것들이 부족하다면 무엇으로 그 한계를 메워 나가죠?

이준석 저는 이것이야말로 실력이라고 봐요. 젊은 사람들이 젊은 사람을 규합한다면 그것도 능력과 매력이죠. 지금까지 수많은 사람이 노력했지만 실패했던 이유는 그 매력도가 떨어졌기 때문이에요. 생각해 보세요. 김대중, 김영삼 전 대통령은 40대 기수론을 꺼내 들었잖습니까. 그것은 그들이 매력이 있었기 때문에 가능했던 일입니다. 매력적인 정치인이 실력까지 겸비한다면 충분히 가능한 일입니다. 한마디로 청년을 규합할 수 있는 실력과 매력이 중요한 것이지 노련한 정치적 술수가 중요한 게 아닙니다.

―――― 당시 미국에서는 케네디가 40대 기수론을 들고나왔었죠.

이준석 미국에서 그런 바람이 불었다고 해도 한국에서 그것이 바로 가능한 일은 아니죠. 그 트렌드를 탈 수 있는 실력과 매력을 가진 사람이 있었기 때문이에요. 김대중, 김영삼 전 대통령이 그런 능력을 갖춘 정치인이었죠.

　　　　지금 전 세계적으로 30대 대통령이나 총리가 나오고

있어요. 그런데 우리나라에서 그런 정치인이 출현하지 못하는 것은 30대 기수가 될 만한 정치인이 없기 때문이거든요. 앞으로 정치인들이 젊어지게 제도도 뒷받침되어야 하겠지만 매력 있는 정치인을 길러 내는 것도 매우 중요합니다. 더구나 후자의 경우 중요한 것은 정치인 개인이 실력을 키워야 한다는 점입니다.

청년 정치인에게
필요한 것

—— 말씀하신 실력을 구체적으로 설명해 주신다면요?

이준석 정치는 종합예술입니다. 아이돌을 띄우려 한다고 가정해 보죠. 노래만 잘하면 되는가? 춤만 잘 추면 되는가? 얼굴만 잘생기면 되는가? 그중 어느 하나를 보는 것이 아니라 종합적인 매력도를 보는 것이죠. 정치인도 마찬가지입니다. 한번 따져 보시죠. 김대중, 김영삼, 노무현, 이명박, 박근혜 전 대통령을 비롯하여 현 문재인 대통령까지 이분들의 공통점을 찾기 힘들어요. 그들 개인이 은근한 매력을 지닌 사람들이라는 거죠. 만일 이들의 교집합이 있다면 정치인들이 학원에 모여 정치를 준비할 겁니다. 그러니까 매력도라는 것은 뭐라고 쉽게 말할 수 없어요.

우리 시대는 젊은 정치인들이 자신의 매력을 발산할 수 있는 장이 기술의 진보 덕분에 만들어졌다고 봐요. 페이스북이나 유튜브가 그런 도구죠. 저는 이런 매체를 활용해 젊은 사람들이 완전히 새로운 방식으로 정치에 참여하기를 바라고 있어요.

—— 청년 정치인으로서 바른미래당 내에서 충분히 자신의 목소리를 내고, 또한 자신의 뜻을 관철시키고 있다고 생각하십니까?

이준석 제가 한나라당에 들어가 활동할 때 당에서 청년 문제를 이준석의 과제로 주었어요. 그런데 그것이 결코 좋은 뜻으로 주어진 것이 아니에요. 그들은 청년 문제를 마이너리티로 본 겁니다. 그러니까 그 문제를 신참인 제게 맡긴 것이었죠. 그리고 막상 청년 문제에 관한 전결권은 주지 않았다는 게 문제입니다. 솔직히 말하면 방치거든요. 그런데 바른미래당 같은 경우는 제 목소리가 나름대로 반영되고 있어요.

—— 정치는 다른 말로 갈등의 해결사 혹은 갈등의 조정자라고 해도 큰 비약이 아닐 겁니다. 갈등은 두 집단 혹은 여러 집단의 이해관계의 충돌입니다. 하지만 정치인들이 모든 갈등을 원만하게 해결할 수는 없습니다. 그래서 분쟁 혹은 갈등 상황을 만났을 때 정치인들은 문제를 해결하기 위한 자기만의 기준

이준석 저는 문제에 접근할 때는 자신의 원칙이 가장 중요하다고 봐요. 우리 사회의 올바른 길이 무엇인가를 항상 생각하죠. 특정 집단의 이익을 대변할 생각은 없어요. 하지만 정치인들은 그것보다는 지역구의 이익을 많이 생각하는 편입니다. 저는 그들이 나쁘다고 보진 않아요. 지역구는 국회의원의 존재 기반이잖아요. 다만 저는 생각이 좀 다를 뿐이죠.

택시 문제만 해도 그래요. 제가 택시 운전을 했지만 택시 운전기사들을 대변하고 싶지는 않아요. 저는 택시 운전을 프로그램으로만 알고 있었어요. 그 일을 한번 부딪쳐 보자는 마음으로 시작해 택시 운전기사의 애환과 그들의 삶을 많이 이해하는 계기가 되었죠. 그렇다고 해도 택시 관련 정책을 입안할 때는 제 철학과 원칙이 중요해요.

특정 집단의 이익, 표 등으로 정책을 결정하는 것이 과연 그 정치인에게 유리한 일인가를 한번 생각해 봐야죠. 저는 그것이 결코 유리하다고 보지 않아요. 오히려 그 정치인이 세운 원칙이나 합리적인 선택을 했을 때, 표는 저절로 따라온다고 보는 것이죠. 유권자들이 합리적인 정치인에게 표를 몰아줄 것으로 봐요. 세상이 그렇게 달라졌고, 앞으로도 그런 식으로 변화가 더욱 촉진될 것입니다.

―― 이준석 최고위원께서는 청년 정치인이면서 스스로 청년 정치인이라고 불리기를 거부한다고 들었습니다. 왜 자신의 정치적 정체성을 거부하는지 이유를 설명해 주세요. 그 속에 청년정치의 개념도 한계도 다 들어있을 것 같아요. 특히 정치인들이 노화된 한국에서 청년정치란 무엇인지요?

이준석 청년정치가 따로 있다고 생각하지 않아요. 그냥 젊은 정치인이 있고, 정치권으로부터 소외당한 청년이 있을 뿐입니다. 기성 정치인들은 젊은 정치인에게 원하는 바를 패기 있게 말해 보라고 합니다. 그래서 말을 합니다. 그 말은 좋게 보면 소신대로 말하는 것이고, 나쁘게 보면 세상 물정 모르고 떠들어 대는 겁니다. 저는 젊은 사람답게 시원하게 말해 보라는 표현을 무척 싫어해요. 그렇게 말해 놓고 나중에 막말했다고 하니까요. 그런 말들은 다분히 불쏘시개로 이용되고 맙니다. 그뿐이 아닙니다. 제가 청년 정치인이라고 선언하는 순간 울타리 안에 갇혀 버려요. 그것은 기존의 정치에서 배제된다는 뜻입니다.

처음 정치를 시작했을 때 일입니다. 토론에 나가면 방송국에서 저와 상대할 사람의 나이를 맞추려고 신경을 많이 썼어요. 그런데 제가 돌아가신 노회찬 의원 등의 노련한 정치인들을 상대해서 그나마 토론을 잘 소화해 내자 제 나이에 별로 신경 쓰지 않았어요. 그러니까 정치인들도 사람들도 저를 특정 영역을 담당하는 정치인으로 생각하지 않게 된 거죠. 청년 정치인이 가야 할 길은 기존의 정치인들과 똑같은 위치를 차지하고, 그 자리에서 청년의 어젠다를 말해야 합니다. 그래야만 청년에게 이익이 되는 정책을 펼칠 수 있는 겁니다.

젊은 사람도 정치할 때는 본인의 집중력을 발휘해서 해야 한다고 생각해요. 빈틈없는 논리와 방법론으로 이야기해야죠. 그렇게 싸워야 합니다. 저는 젊은 사람의 방식과 논리가 따로 있다고 생각하지 않아요. 젊은 사람이라도 자기 자신의 최대 능력치를 발휘하도록 노력해야 합니다. 가령 노련하고 나이 든 박지원 정치인 같은 분을 보면서 나도 그분과 같은 실력을 키워야겠다고 생각하고, 실력으로 그와 맞설 생각을 해야죠. 청년 정치인을 꿈꾸는 젊은 친구들이 있다면 기존 정치인들을 상대할 수 있는 실력을 갖추라고 충고하고 싶습니다.

—— 청년정치를 이끌고 갈 젊은 진보 정치인이 있긴 하지만 잘 보이지 않습니다. 비례를 한 번 했다가 사라지고, 방송에서도 생명을 유지하는 젊은 정치인이 드물어요. 젊은 보수 정치인 이준석 최고위원만 보인단 말입니다. 이게 장점일 수도 있고 한계일 수도 있지 않나요?

이준석 손바닥도 마주쳐야 소리가 나는 것처럼 상대가 없다는 것은 제게는 단점이죠. 장점이라고 한다면, 젊은 사람들은 진보여야 한다는 생각을 깬 것이고요. 또 제가 야당 정치인이니까, 현재 중도 진보 세력인 여당과 당연히 싸워야겠지만 저는 보수와도 싸워요. 원래 보수가 도덕적이고 원리 원칙 등을 더 중요하게 여겨야 하잖습니까? 그런데 지금 정치 환경이 그렇지 않아 저는 보수와 더 열심히 싸우고 있습니다.(웃음)

—— 청년정치는 꼭 젊은 사람들이 하는 정치가 아니라 청년, 여성, 비정규직, 장애인, 이주민 등 우리 사회의 비주류가 현실 정치에 참여할 기회를 가지는 것으로 알고 있습니다. 그런 점에서 청년정치는 의회의 기득권 정치의 반대 개념인 셈이죠. 그렇게 되려면 뭐가 달라져야 한다고 생각하십니까?

이준석 기득권 정치의 행태를 한번 봅시다. 그들은 본인에 대한 자존감이 떨어지니까 줄서기 하고, 공천을 앞두고 다투는 겁니다. 그럼, 청년정치는 어떤 모습이어야 할까요? 적어도 기득권 정치와는 달라야죠. 그게 청년정치의 정신이고, 존재의 근거입니다. 그러기 위해서는 어떻게 해야 할까요? 먼저 실력입니다. 자신의 존재를 스스로 입증할 수 있어야 합니다.

구체적으로 이름을 말한다면, 젊은 사람 중에서 김용태 의원을 보시면 좋을 것 같습니다. 그 어려운 지역구에서 3선이 되었잖아요. 그 때문에 능력과 비전이 생겼거든요. 그런 것처럼 청년 리더가 되려는 사람들은 자세나 각오가 남달라

야 한다고 생각합니다. 비례를 받아 정치할 생각을 하지 말고
스스로 자기 존재를 증명해야죠.

청년정치와
비례대표

────── 이준석 최고위원께서 비례대표 제안을 거절하고, 지역구를 고집하는 이유도 그 때문인가요?

이준석 제게는 비례대표의 기회가 여러 번 있었습니다. 하지만 그런 식으로 정치를 하면 안 되겠다는 생각이 들었어요. 청년정치를 하려면 그 정신에 맞게 해야죠. 저는 공천 때문에 눈치 보지 않기 위해 어려운 지역구인 상계동을 선택한 거예요. 제가 비례를 거부하고 강남으로 갔다면 훨씬 쉽게 원내로 들어갈 수 있었을지도 모릅니다. 사실 그러면 비례대표로 의원이 되는 것과 별반 다르지 않았을 겁니다.

최근 연세대학교에서 총여학생회를 없앴습니다. 서울 지역 대학에 총여학생회는 거의 없는 것으로 알고 있어요. 그것은 남녀를 구별해 여학생회가 따로 존재해야 할 이유가 없다는 공감대가 여학생들 사이에 생겨서 만들어진 결과라고 보여요. 청년정치도 마찬가지입니다. 청년이란 이름으로 기득권에 특별한 혜택을 받을 생각을 하면 안 된다고 봐요.

저는 어렵더라도 기존 질서에 기대지 않고, 제 실력으로 청년정치를 실현시킬 생각입니다 노무현 전 대통령도 자기 신념대로 거대한 지역감정의 벽과 싸운 사람이죠. 그런 식으로 자기 존재를 증명해 결국 최고의 자리까지 올라갔어요. 고난을 두려워하면 작은 것도 이루기 힘들어요.

—— 나경원 자유한국당 원내대표가 "내 손으로 뽑을 수 없는 비례대표를 폐지하고, 내 손으로 뽑을 수 있는 의원 수를 조정해 270석으로 하는 것이 한국당의 안이다."라고 했습니다. 장애인, 청년, 여성, 비정규직 등의 정치적 약자가 국회에 들어가는 것을 원천적으로 막겠다는 말로 이해됩니다. 나경원 원내대표의 의견에 대한 견해, 혹은 한국당의 견해를 어떻게 생각하십니까?

이준석 저는 비례대표가 공정함보다는 다양함을 추구하기 위해 만든 제도라고 생각합니다. 다양성의 가치를 확장한다는 것은 공정성을 일정 정도 손상시키는 행위이죠. 더 주목할 점은 장애인 정책을 장애인만 잘 할 수 있느냐? 가령 탈북자나 이주 여성, 이주민 정책도 꼭 그들만이 그 정책을 잘 만들 수 있는가? 그것을 진지하게 한번 따져 봐야 할 것 같아요. 그동안 비례대표 의원들이 많았지만 그들의 업적은 많지 않습니다.

실제로 탈북자나 이주 여성 정책은 오히려 전문가가 공부해서 더 좋은 법을 만들 수도 있어요. 그것은 제가 택시 운전할 때 경험했습니다. 문제를 인식하고 개선해야겠다는 문제의식은 택시 운전하시는 분들이 저보다 훨씬 높았죠. 그들은 평생을 그런 문제를 안고 생활해 왔으니까요. 하지만 그 문제를 개선하기 위해 법을 만드는 것은 좀 다른 이야기예요. 어떤 사회문제를 파악하고 해법을 제시했을 때 그 분야 사람들의 도움을 받아 전문가들이 법을 만드는 경우가 더 효율적일 때가 많아요.

비례성 강화 문제도 한번 따져 봅시다. 어차피 비례대표는 50명 남짓인데, 그들이 어느 정도의 사회 비례성을 담보할 수 있느냐? 지금 택시 운전기사가 27만 명입니다. 5천만 중에 27만 명이니까, 0.5퍼센트 정도 되는 셈인가요? 그럼, 비례대표를 하나 줘야 하는가? 실제로 바둑 기사 조훈현 씨가 비례로 국회의원이 되었습니다. 여론조사를 한번 생각해 보죠. 1천 명의 샘플을 잡아 사회 대표성을 만들어 내기가 힘들어요. 그래서 지역과 연령을 놓고 하잖아요. 그렇다면 비례대표 50명으로 다양성을 충분히 대표할 수 있느냐? 그게 쉬운 일이 아니에요.

이준석 정확히 말하면 대표해야 할 전문 집단이 수천수만 가지입니다. 50명으로는 너무 적어요. 어떤 분야의 비례대표가 되었다고 해도 그의 대표성을 이렇게 믿겠습니까. 실제로 저는 그런 경험을 많이 했어요. 탈북자나 이주민 대표들은 그 집단 내에서조차 대표성을 의심받고 있었어요. 제가 정당에서 청년위원회를 반대하는 이유도 마찬가지입니다. 일반 청년들이 왜 저 사람이 우리의 대표냐고 묻는 경우가 많아요. 비례대표 역시 그 대표성을 확보하기가 쉬운 일이 아니란 거죠.

      저도 불비례성을 해소하는 데 동의합니다. 정치하는 사람들은 누구나 표의 등가성을 중요하게 생각해요. 그래서 저는 연동형 비례대표제를 나쁘게 생각하지 않아요. 다만 그것만이 유일한 수단은 아니라는 겁니다. 오히려 불비례성을 더 줄일 수 있는 방법은 자유한국당에서 말하는 비례대표를 없애고, 아예 300석을 대선구제나 중선구제로 하는 것도 나쁘지 않다고 보는 거죠. 그렇게 되어서 5개 선거구를 하나로 합해 넷 혹은 다섯을 뽑는다면 정의당이나 바른미래당은 15퍼센트 정도를 얻어 당선될 수도 있어요. 그렇게 되면 불비례성이 해소되어 사표 방지 효과가 있을 겁니다. 지금 구조보다 훨씬 더 비례성이 강화되겠죠. 저는 지역구로써도 비례성을 강화할 수 있다고 봐요.

　　지금 구의원이 그렇거든요. 서울의 한 선거구에서 세 명을 뽑는 경우는 민주당 두 명과 자유한국당 한 명이 되고, 두 명을 뽑는 경우는 민주당과 자유한국당 한 명씩 되는 구조 거든요. 네 명을 뽑으면 민주당, 자유한국당, 정의당, 바른미래당 이런 식으로 배분되겠죠. 그게 지금보다는 비례성을 강화할 것 같아요. 지금 시의원은 소선구제이거든요. 그러니까 90퍼센트가 민주당 사람이에요. 가령 유명한 바둑 기사가 바둑 애호가들의 대표성을 확보할 수 있을지 몰라도 그게 사회적으로 유의미하냐는 따져 봐야겠죠.

경험과 경륜보다
소중한 것

───── 이준석 최고위원께서는 정치 영역에서 경험과 경륜만 내세우면 안 된다고 했습니다. 대한민국 정치 실패의 원인은 타성에 젖은 움직임이 이끌어 왔기 때문이라면서요. 덧붙여 경험과 경륜은 존중하지만, 그것이 모든 판단의 잣대가 되는 상황은 막아야겠다고 했고요. 사실 이런 생각은 통념을 깨는 신선한 발언이긴 합니다. 그런 발언 혹은 더 거침없는 발언들 때문에 이준석 최고위원께서는 버릇없다는 이야기도 많이 들은 것으로 알고 있습니다. 세간의 이런 지적에 대해 입장을 말씀해 주시고, 또 다르게 생각하면 정치를 경험과 경륜으로 하지 않고 무엇으로 해야 합니까?

이준석 경험과 경륜을 포괄하는 말이 실력이라고 봐요. 사실 실력이 존중받고 그것이 양성되는 정치 풍토가 만들어져야 하는데, 경험과 경륜으로 그것을 누르려고 해요. 경험과 경륜은 정치를 오래 하면 생기는 것이죠. 경험과 경륜을 주장하는 정치인들은 실력에 자신이 없는 사람들이라고 봐요. 경험과 경륜을 많이 들먹이는 정치인들은 연공서열을 통해 기득권을 유지하는 정치인인 경우가 많아요. 거꾸로, 그렇게 나이 먹도록 무엇을 쌓았냐고 물을 수도 있을 것 같아요. 그 정치인이 경험과 경륜만 있고 실력이 없다면 오히려 부끄러워해야 할 겁니다.

그래서 저는 계급장 떼고 경쟁하자는 말을 많이 해요. 그리고 지금은 국제화 시대입니다. 이런 세상에서 실력이 아닌 경험과 경륜을 말한다는 게 우스운 일이죠. 외국에서 국익을 위해 싸워야 한다면 그때 통용될 수 있는 것은 실력뿐입니다. 미국을 보세요. 그 나라의 정치는 오바마라는 신출내기를 4년 만에 대통령으로 만들었습니다. 오바마는 상원의원이 되자마자 대통령이 되었어요. 트럼프는 국회의원을 한 번도 해보지 않고도 대통령이 되었고요. 문재인 대통령은 국회의원 한 번 했잖습니까. 그들이 권좌에 오를 수 있었던 것은 경험과 경륜이 아니라 실력이라고 봐야죠.

박지원 의원도 실력을 지닌 사람이라고 봐야 합니다. 그는 가발 품목으로 무역업을 하다가 늦은 나이에 정치에 뛰어들어 주위의 쟁쟁한 정치인들을 물리치고 DJ의 신임을 얻었어요. 실력은 이런 겁니다. 정치에서 실력은 국제적으로 통용되는 기준입니다. 우리도 그렇게 되어야 합니다.

—— 바른미래당은 청년정치 인재 양성을 위한 제3기 청년정치학교를 개소했다고 밝혔습니다. 청년정치학교 졸업생에게는 바른미래 연구원장 명의의 졸업장이 수여되고 취업, 진학, 유학 시 추천서 발급과 함께 우수 졸업생에게는 바른미래 연구원 및 바른미래당 소속 국회의원실 인턴 채용의 기회도 주어진다고 합니다. 바른미래당은 다른 당보다 청년 정치인 양성에 매진하고 있는 것 같습니다. 정치인이 정치학교를 통해 길러질 수 있다고 보십니까?

이준석 정치인은 수학이나 물리처럼 상당 정도의 자질을 필요로 합니다. 그래서 청년정치학교는 양성한다는 개념보다는 실전의 의미가 강해요. 당신이 정치를 한번 해보라고 기회를 주는 겁니다. 학교가 졸업생에게 그런 기회를 주었다고 해서 성과가 좋은 것은 아니에요. 정치인은 양성되는 것이 아니라 발굴돼요. 애초에 풍부한 자질을 지니고 있어야 합니다. 그들을 영입하고 선발할 수 있는 기준을 만들어야죠. 저는 그렇게 생각해요.

다만 전문직 엘리트가 아닌 젊은 인재들에게도 정치에 참여할 기회를 많이 주어야 한다고 생각합니다. 그들이 정치권으로 진입하려고 할 때 굳이 장벽을 칠 필요는 없다고 봐요. 무슨 말이냐 하면 정치권에서 젊은 인재를 뽑을 때 사회적인 성취를 요구합니다. 사업가로 성공했든지 직업이 변호사라든지. 젊은 사람들은 그런 성취를 이루기 쉽지 않고, 또한 이루었다고 해도 그것은 정치에서 이룬 성과가 아니기 때문에 정치하는 데 도움이 되지도 않을 겁니다. 저는 좀 다른 문제를 고민해 봐야 한다고 생각합니다.

현재 저희 당만이 아니라 한국의 정당들이 고민해야 할 문제는 당원과 지지자를 구별할 필요가 있다고 봐요. 우리나라는 당원이 되기가 너무 쉽다는 겁니다. 당비 천 원만 내면 돼요. 지인이 구의원 나간다면 당원으로 가입해 도와주자는 분위기입니다. 당원을 이런 식으로 운영할 것이 아니라 정치 교육을 하고 정예화시킬 필요가 있어요. 그래야 중요한 순간, 가령 전당대회에서 당 대표를 뽑을 때 그들이 의미 있는 선택을 할 수 있죠.

—— 이준석 최고위원께서는 "정치인도 적성 평가를 보게 하겠다," 며 정당 개혁안을 내놓은 적이 있습니다. "정치인들의 기본 소양에 대해 지방자치단체 공무원들은 물론이고 관료들의 불만이 높다."며 "9급 공무원 시험만 봐도 청년 20만 명이 지원하는 등 무한 경쟁을 치르는데, 지방자치단체 의회나 자치단체장 의원들은 줄만 잘 서면 들어간다는 점에 대해 청년들의 불만이 높다."고 지적했습니다. 정치인도 '공무원 적격성 평가'

이준석 신문사에서 기자를 뽑을 때 소양을 평가하는 시험이 있습니다. 그것이 신문의 질을 어느 정도 담보해 내죠. 그런데 구의원과 함께 일하는 사람들은 공무원입니다. 그들의 주요 업무는 행정 집단의 감사예요. 경찰이 훨씬 뛰어나야 범인을 잡을 수 있습니다. 공무원보다 의원이 뛰어나야죠. 그러니까 의원이라면 최소한 공무원을 감사할 수 있는 실력을 갖춰야 하지 않습니까. 구의원이 구청 직원에게 내가 질의할 것을 작성해 오라고 한답니다. 그런 상황이라면 애초에 감사를 기대할 수 없는 거죠. 일정한 소양을 갖추지 않은 사람들이 의원이 되는 것은 결국 부패를 조장하는 겁니다. 저는 그렇게 봐요.

—— 그렇게 되기 위해서는 구의원의 사회적 지위가 재고될 필요가 있을 것 같아요. 회계사, 세무사 등의 전문직들이 구의원을 해야겠다는 말을 들을 수 있도록 말입니다.

이준석 저는 광역시는 구의원을 없애고 시의원을 두 배로 늘려야 한다고 생각합니다. 현재 서울시의 경우는 100명의 시의원이 있거든요. 인구에 비해 의원이 적은 편이에요. 만일 200명 정도 되면 상임위도 분화해 의회의 모습을 갖출 수 있어요. 왜 인구가 10만 명인 구에 의회가 따로 존재해야 하는지 모르겠어요.

—— 선거 때 비례대표 후보자 전원 블라인드 토론 선발, 중앙당 여성 · 청년 · 장애인위원회 해체를 공약으로 내걸었습니다. 상당히 반감을 불러올 수 있는 공약들입니다.

이준석 여성 · 청년 · 장애인위원회가 좋은 정책을 만들었다는 말을 들어 본 적이 없어요. 정치적으로 유의미한 일을 했다는 말도 듣지 못했고요. 어느 당이든 마찬가지입니다. 저는 정당이 이런 조직을 거느리고 있어야 한다는 것 자체가 시대착오적인 생각이라고 봅니다. 이런 조직의 사람들이 집권 뒤에 한자리 하려고 밑으로 내려가거든요. 그들은 정치적으로 크게 의미는 없는, 줄을 섰던 사람들이에요. 저는 이들을 한국 정치 발전에 위험한 존재로 봐요.

'청년수당'과
'기본소득'

—— 현재 한국에서 청년으로 살아간다는 것은 너무 암울합니다. 특히 그들이 취업이나 새로운 사업을 시작하려면 돈이 필요합니다. 또 상당수 미취업 청년들은 끼니 걱정을 해야 할 판입니다. 노량진에서 무료 급식을 하는 교회에 청년들 수백 명이 몰려든다고 합니다. 그래서 '청년수당'이란 이름으로 이재명 지사나 박원순 시장 같은 지자체의 장들이 실시하고 있습니다만 정치권에서도 그들을 돕는 체계적인 정책이 나와야 할 것 같습니다. 이에 대한 생각은 어떠신가요?

이준석 저는 수당을 특정 계층에만 주는 것에 대해서는 한번 생각해 봐야 한다고 봅니다. 지금은 청년수당이 전국적으로 지급되고 있는 상황은 아닙니다. 청년수당이 체계적으로 주어진다면 분명히 위화감 문제를 일으킬 겁니다. 다만 현재 노인들에게 지급하는 연금의 경우는 좀 예외적일 수 있습니다. 그것은 노인에게 지급하지만 모든 계층이 언젠가 나도 노령연금을 받을 수 있다는 믿음이 있으니까요. 그 때문에 저항이 적을 수 있어요. 저는 청년에게만 주는 청년수당이 아니라 전 세대에 주는 기본소득 형태도 한번 고려해 볼 만한 정책이라고 봐요. 기본소득을 실시하려면 현재 시행하고 있는 복지 혜택을 기본소득 안에 다 녹여서 포함해야겠죠.

저는 청년의 일자리가 따로 존재할 수 없다고 봐요. 회사를 차린다고 해도 20대만 고용할 수는 없잖아요. 30~40대 관리자도 있어야 합니다. 저는 기업의 숫자가 늘어나면 전 계층이 골고루 취업할 수 있을 것으로 보거든요. 그럼 청년에게 일자리가 많이 배당될 수밖에 없죠. 당연히 청년은 기업의 맨 아래에서 일할 테니까요. 청년에게 특화된 일자리는 현실성이 없는 정책이라고 생각해요. 다시 말해 청년 일자리 문제를 특화해서 볼 것이 아니라고 보는 거죠. 일자리 전반을 통합해서 봐야 합니다.

—— 청년수당은 반대하지만 전 국민을 대상으로 하는 기본소득은 찬성한다는 말씀입니까?

이준석 청년수당이나 노령연금에 대해 기본적으로 반대 의견입니다.

그런 수당과 연금은 특정 계층에만 혜택을 줍니다. 그것은 공정하지 못하다고 생각합니다. 가령 노령연금의 경우 소득 상위 30퍼센트는 연금을 받지 못하고 있습니다. 이들 중 상당수는 불만을 토로합니다. 저는 그들의 불만이 정당하다고 생각합니다. 노령연금의 경우 지급하는 금액을 낮추더라도 노인 인구 전체에 지급해야 한다고 봅니다. 그것이 원래 연금이 취지에도 맞습니다.

저는 국민에게 기본소득을 지급하는 것에는 찬성합니다. 기본소득은 국민 전체가 그 대상이니까요. 그런 경우 현재 진행되고 있는 수당은 기본소득 틀 안으로 들어와야 합니다. 이것이 매우 중요한 사안입니다. 저는 국민 전체에 지급하는 기본수당일 경우에는 아예 공정성 시비가 일어나지 않을 것으로 봅니다. 다만 그 금액을 현재 얼마라고 말할 수는 없습니다. 그것은 국민경제에 직접적인 압박이 될 수 있기 때문에 좀 더 깊은 토론과 고민이 필요하다고 봅니다.

─── 페이스북에 '문재인 정부의 청년 일자리 정책 요약'이라는 제목으로 글을 올려 정부의 청년 구직 정책을 비판하신 적이 있습니다. 작년 6월 정도 "이게 무슨 난센스인가"라면서 공무원 증원 정책을 대단히 강하게 비판했는데, 아직도 그런 태도는 유효합니까? 당시 재미난 표현이 은행과 같은 정부의 힘이 닿는 기관의 옆구리를 찔러 40~50대 부모 세대를 자르게 해서

20~30대를 뽑도록 한다는 것이었습니다.

이준석 우리나라의 경우 공공 영역의 일자리 비중이 높은 편이에요. 그런데도 무리하게 청년 일자리 정책을 펼치다 보니까 공무원 숫자를 늘리는 정책이 나왔다고 보는 거죠. 공조직이 비대해지는 것을 우려해야 할 판인데 말입니다. 맥도날드는 경영 효율화를 위해 무인 주문기 키오스크를 달고 있는데, 우리는 동사무소에 사람을 더 뽑고 있어요. 햄버그와 등본의 차이점이 뭔지 잘 모르겠습니다. 우리나라의 정책은 효율화를 역행하고 있습니다. 성장을 통해 일자리를 마련할 수 없으니까 궁여지책으로 만든 정책입니다. 그 정책은 반시장적이고, 세월이 흐른 뒤에는 그들의 임금을 세금으로 채워줘야 합니다. 결국에는 국민이 고통을 감당할 수밖에 없을 거라고 봐요.

—— 그렇다면 정부가 어떤 정책을 펼쳐야 한다고 생각하십니까?

이준석 저는 세금을 감면해 주는 정책이 오히려 효율적이라고 봐요. 감세를 통해 경제의 효율성을 고민해 봐야 한다고 생각합니다. 이게 이명박 전 대통령의 정책이기는 했지만 감세 정책을 잘 쓰면 효과가 있어요. 제가 택시 운전을 두 달 넘게 했었어요. 그래서 택시 운전기사들의 사정을 속속들이 알게 됐는데, 지금 택시는 부가세 감면을 다 해주거든요. 한 달에 10만 원 정도 택시 운전기사 통장으로 들어와요. 특수 직군에서 이미 부가세를 감면해 주고 있어요. 그런 것들이 분명히 국민의 주머니에 꽂히는 돈이죠.

그렇다고 그 사람들이 일을 안 하는 것도 아니에요. 일은 하는데 대략 10퍼센트 정도 더 계산해 주는 것이란 말이지요. 일종의 근로 진흥책이죠. 실제로 택시 회사의 경우 운전기사를 구하지 못해 택시의 반 정도가 쉬고 있어요. 그러니까 택시 운전기사는 근로 진흥책이 필요한 직군입니다. 저는 부가세 감면 정책을 자영업자에게도 쓸 수 있다고 생각해요. 공공일자리 같은 경우는 선정 과정의 공정성에 생각보다 문제가 많아요. 저는 그런 불만에 대해 사람들이 생각하는 것보다 훨씬 많이 듣고 있습니다. 공정하게 뽑기 위해 시스템을 만들어 둔다고 공정성이 확보되는 것은 아닙니다. 그것을 운용하는 사람들이 자기가 원하는 사람을 심으려고 마음먹으면 백약이 무효입니다.

청년당의 출현은
가능한가

—— 하태경 의원이 유튜브를 통해 청년당을 만들겠다는 이야기 했습니다. 이준석 최고위원께서도 페이스북을 통해 청년과의 소통을 활발하게 진행하고 있는데, 혹시 한국에 청년당의 출현을 기대해 봐도 좋겠습니까?

이준석 국회 내 청년 문제에 관심이 있는 의원이 적습니다. 하태경 의원은 기본적으로 이 문제에 대한 의식을 가지고 있었어요. 저와 하 의원의 관심은 청년을 위한 개별 법안 자체가 아니었어요. 청년 문제에 관심을 지속적으로 갖는 정당이었습니다. 청년을 위한 이익 정당이 아니라 청년 문제에 관심을 가지는 정당이 되겠다는 겁니다. 청년수당을 입법화하는 데 앞장서는 정당이 아니라 청년들이 젠더 갈등을 많이 느끼고 있으면 젠더 문제를 다루는 데 주저하지 않는 정당이 되겠다는 겁니다. 가령 청년들이 난민 문제에 아주 민감해요. 그런 문제를 사회적인 관심 주제로 만들어 논의해 보겠다는 것이죠. 그런 측면에서 이익집단의 성격을 가진 청년 정당은 아닙니다.

저는 정치가 젊은 사람들이 좋아할 만한 어젠다를 의제로 삼지 않기 때문에 그들이 정치 현실에서 소외된다고 봐요. 그들에게 어떤 방식으로 수당을 줄 것인가를 고민할 것은 아니라고 생각해요. 문제는 그들을 정치로 끌어들여야 한다는 겁니다. 가령 젠더 문제나 군 가산점 문제 등등으로.

—— 청년 정당이라면 젠더 문제나 군 가산점 문제 등을 이야기할 수밖에 없는데, 여성에 대한 배려가 너무 없어요.

이준석 저는 여성을 따로 배려해야 한다는 생각 자체가 위험하다고 봐요. 여성의 특수성을 인정해 배려 차원의 할당을 시작하는 순간부터 일이 꼬여요. 다만 현재 여성의 정치적, 경제적 상황이 극히 어렵다는 판단이 객관적 설득력을 얻는다면 한시적인 할당제를 검토해 볼 수 있다고 봐요. 일몰제로 제정해야죠. 지금은 할당제가 한시적인 법이 아니라 영구적으로 그들에게 혜택을 주는 법이 되었잖습니까. 양성평등 채용 목표제라든지 이런 것들은 한시성을 가진 법이 아니거든요.

—— 청년의 경우 결혼 문제나 주거 문제가 아주 심각해요. 그래서 일자리를 지방에 늘리는 것도 한 방안이 아닐까 생각합니다. 서울과 수도권의 양극화 문제도 어느 정도 해결되고요. 지방의 경우 주거비가 서울보다 훨씬 싸니까, 적당한 임금 수준으로 정부가 고용을 책임진다면 여러 가지 문제가 해결될 것 같습니다.

이준석 저는 지방에 특화된 일자리가 나와야 한다고 봐요. 하지만 정부가 나서서 청년 일자리 자체를 만들 수는 없어요. 많은 청년에게 혜택이 돌아가는 일자리는 정책을 만들기가 정말 힘들어요. 혁신도시 같은 경우는 의욕적으로 시작했는데 결과가 썩 좋지 않았습니다. 혁신도시가 아니라 유령도시가 되고 있지요.

대구에 가면 감정원이 있는데 주변이 썰렁해요. 그 이유가 뭐냐 하면 감정원이 그곳에 있을 이유가 없는데 정부가 무리하게 옮겨 놓아 생긴 현상입니다. 어떤 정책을 정부가 과도한 확신을 가지고 진행하면 아주 위험한 결과가 나올 수 있어요.

저는 지방 정책에 대해 인식을 좀 바꿔 볼 필요가 있다고 봐요. 예를 들어 미국 델라웨어 주에 가면 아마존이나 인터넷 쇼핑몰들의 물류 창고를 만들어 놓았는데 그곳은 지리적 조건 때문에 거의 아무것도 할 수 없는 곳이거든요. 그런데 세일즈 세율을 조정해 인터넷 쇼핑몰 물류 창고를 유치한 겁니다. 미국의 경우 캘리포니아에서 주문해도 상품이 델라웨어에서 출고되면 그곳의 세일즈 세금을 적용해요. 델라웨어는 세금이 0이고, 캘리포니아는 8.75퍼센트예요. 그럼 캘리포니아도 0으로 떨어뜨리면 되겠다고 생각할 테지만 캘리포니아는 그럴 수가 없어요. 세일즈 세금은 일률 적용이라 캘리포니아가 세율을 0으로 내리면 다른 세일즈도 모두 0이 되어 오히려 손해를 보게 되거든요.

혁신도시보다는 지방 세율에 자율성을 주어, 각 지자체가 경제 활성화 방안을 모색하도록 해야 할 것 같아요. 정부는 그런 일을 해야죠. 만일 이런 정책을 쓴다면 세수가 줄 수도 있지만 지방분산 정책은 제대로 될 것으로 봐요. 가령 강원도 매상세가 제로다, 그럼 아웃렛 등은 강원도로 다 들어갈 겁니다. 포털 다음이 제주도로 간 것도 지방 법인세가 많이 작용했을 겁니다. 지자체가 세금의 자율권을 갖는다면 원주 같은 지역이 물류 창고로 아주 좋은 지역성을 가질 수 있어요. 원주는 수도권으로 오기도 쉽고 밑으로 내려가기도 좋으니까요.

Q&A
미니 인터뷰

좋아하는 가수(국내외)
윤종신, 장혜진

다시 가 보고 싶은 해외 여행지
시베리아 횡단열차

돈, 건강, 명예의 우선순위
명예, 건강, 돈

생존 인물 가운데 정신적 스승
김종인 전 장관

어릴 때 별명
떵똥

다음 생이 있다면 태어나고 싶은 곳
인도네시아의 외딴섬

주량, 술버릇
소주 2병. 무조건 원샷하고 취하면 바로 잔다.

혼술, 혼밥은 언제?

퇴근하고 집에 가서 냉장고에 맥주가 있으면 마신다.
혼밥은 거의 안 한다.

소주가 좋은가, 맥주가 좋은가? 막걸리가 좋은가? 다 좋은가?

소주 빼고 다 좋다.

산을 오르면서 혼자 흥얼거리는 콧노래

마이클 잭슨의 Heal the world

백 살까지 산다면 그때 하고 싶은 일

100살이 되어서도 수락산 등반을 1시간 안에 끊고 싶다.

슬플 때는 어떻게

슬플 때는 편의점 맥주 왕창 마시고 잔다.

욕심을 버리는 법

어제의 나보다 오늘의 내가 발전했으면 그것으로 만족한다.

어제, 오늘, 내일의 우선순위

내일, 오늘, 어제

III. 북한

북한이란
독특한 나라

——— 이번 주제는 북한입니다. 이 최고위원님의 북한에 대한 생각을 들어 보겠습니다. 세대마다 북한에 대한 생각이 조금씩 다를 것 같아요. 이 최고위원께서 생각하는 북한은 어떤 나라입니까? 먼저 김일성과 김정일 시대의 북한에 대해 생각해 볼까요?

이준석 김일성은 항일 빨치산 투쟁을 했고, 그것 때문에 권좌에 오를 수 있었죠. 나름 정당성을 가지고 출발했다고 봐요. 그에 비하면 박정희 전 대통령은 정당성에 대해 끝없이 의심받은 인물이었습니다. 일본 사관학교에 입학한 사실이나 해방 후의 좌익 경력 때문에도 시끄러웠습니다. 그런데 두 독재자가 권좌에 올라 이룩한 결과는 많이 다릅니다.

남한의 경우는 어떤 시기에 비상식적인 점프를 한 덕분에 나라의 부가 증진되었고, 국민의 삶이 획기적으로 나아졌어요. 돌이켜 보면 한국은 1960~1970년대에 상상을 초월한 성장을 하지 않았다면 오늘의 한국이 있을 수 없었을 겁니다. 그 중심에 박정희 전 대통령이 있었고요.

지금은 좀 주춤하지만 중국도 한동안 꽤 빠른 성장을 했습니다. 저는 앞으로도 상당 기간 그럴 거라고 봐요. 베트남도 마찬가지예요. 이들 나라의 공통점은 역설적이게도 발전 엔진이 권위주의 정권이라는 사실입니다. 박정희 정권은 철저하게 계획경제 방식으로 나라 경제를 이끌었죠. 어떻게 보면 경제 발전의 방식이 국가에서 모든 것을 통제하는 공산주의 방식이에요. 북한의 경우는 그런 요소를 갖추고 있었으면서도 지도자의 무능으로 주민들이 아직도 가난 속에서 허덕이고 있어요. 독재자들은 독재 그 자체로 비판을 받지만, 성취를 이룬 독재자의 경우에는 마냥 부정의 대상만 되는 것은 아니거든요.

저는 총칼로 정권을 유지하면서 이룰 수도 있는 성취를 못 했다면 그 독재자는 지탄의 대상이 돼야 한다고 생각해요. 당신은 국민의 자유를 빼앗고 그 대신 무엇을 주었나? 그런 것이죠. 후세인이나 카다피 같은 독재자들의 경우는 방어해 줄 만한 요소가 없습니다. 박정희 전 대통령의 경우는 유신도 하고 독재를 했지만 놀라운 경제 발전을 주도한 것 또한 사실입니다.

저는 1980년대 중국이 개혁 개방을 선택했을 때, 김일성도 같은 선택을 했어야 옳았다고 봐요. 그것을 하지 않고, 주체사상이라는 전대미문의 사상 체계를 확립하고, 왕조처럼 권력 세습에 매진하는 바람에 오늘날 북한이라는 독특한 나라가 탄생한 거죠.

김일성은 이전의 성과나 과오는 차치하고, 역사적인 전환점이 왔을 때 세계사적인 흐름을 타지 못했습니다. 북한 인민의 삶의 차원에서 보자면 정말 엄청난 기회를 놓친 거죠. 그 때문에 이후 김정일 시대에 결정적인 아사가 찾아왔고요. 오늘날 북한의 현실은 독재 정권이 만들어 낸 일종의 오너 리스크입니다. 저는 그렇게 봐요. 그렇기 때문에 북한의 부자 독재자들은 오늘의 현실에서 긍정적으로 봐줄 만한 것이 별로 없다고 봅니다.

―― 현재 김정은은 김정일, 김일성과는 분명히 다른 행보를 보여 주고 있습니다. 그것은 자신의 권력을 장기적이고 합리적으로 유지하기 위한 방편일 거라는 생각이 들어요. 그렇다고 해도 우리의 상상을 뛰어넘는 모습입니다. 젊은 김정은의 정치력이나 국제적인 감각에 대한 평가를 부탁드립니다.

이준석 김정은은 부모로부터 권력을 물려받았다는 측면에서 싱가포르의 정치권력과 비슷해요. 리콴유가 리셴룽에게 총리를 세습하고, 대를 이어 전체주의적인 정치를 한 것입니다. 그런데 리콴유에 대해서는 상반된 견해가 존재합니다. 독재자라는 부정적인 측면이 있지만 리콴유가 싱가포르를 경제적으로 엄청나게 발전시켰다는 긍정적인 평가가 있어요. 실제로 그의 집권 기간 중에 작은 섬나라, 가난한 도시국가 싱가포르의 국민소득을 약 100배 이상으로 올려놓았거든요. 아들 리셴룽는 영국, 미국에서 제대로 공부한 인텔리로 아버지의 뒤를 이어 싱가포르를 잘 운영하고 있습니다. 리셴룽 본인은 대단히 자기 절제력과 통찰력이 강한 지도자입니다. 그의 아버지가 이룩한 업적이 많아 자기 정치를 하기에 대단히 좋은 상황이었죠.

김정은의 경우는 중대한 오너 리스크를 가진 기업을 상속받은 꼴입니다. 본인 역시 리셴룽처럼 외국에서 국가 경영을 위한 조직적인 교육을 받았다고 보기는 힘들고요. 남한에서는 김정은에 대한 좋은 평가가 최근 1년 정도 지속되고 있습니다. 저는 그것이 올바른 평가가 아니라고 봐요. 지금까지 나온 결과로 보았을 때 김정은을 좋게 평가할 만한 근거가 별로 없어요. 싱가포르와 비교한다면 부모의 상태도 자신의 상태도 좋지 않은 편입니다. 저는 그런 김정은이 험난한 국제질서 속에서 북한을 성공적으로 관리할 수 있을 것인지에 대해서 회의적입니다.

사실 북미회담이나 남북회담에서 이렇다 할 성과를

내지 못한 것은 사실입니다. 회담을 하는 과정들이 TV에 생중계가 되어 거창한 성과가 있는 것 같지만 남한, 북한, 미국의 관계 변화가 가시적으로 나타난 게 없어요. 저는 북한의 미래가 남한의 미래와 깊은 관련이 있기 때문에 김정은을 좋게 평가하고 덕담을 하고 싶지만 그렇게 말할 수 없는 현실이 안타깝습니다.

—— 보수 세력, 특히 자유한국당에서는 진보 세력이 김정은의 기만 정책에 속아 넘어가고 있다고 보고 있죠. 이들 주장에 대한 이준석 최고위원님의 생각은 무엇인가요?

이준석 신용거래가 되지 않는 경우는 현금 거래를 하는 것이 원칙이거든요. 그런데 문재인 정권 같은 경우는 북한과 신용거래를 하자는 입장입니다. 미국은 북한이 핵을 포기하면 제재를 다 풀겠다고 얘기하는데, 북한은 그렇게 하지 않고 있습니다. 북한이 핵 리스트를 다 공개하고 핵 폐기에 들어가면 미국이 제재를 풀지 않을 수 없다고 봐요.

—— 북한은 리비아의 경우를 두려워하는 것 같아요. 리비아는 미국을 믿고 양보를 했다가 당했다고 봐야죠.

이준석 그것에 대한 통제력을 문재인 정권이 상당히 갖고 있습니다.

문재인 정권이 미국의 통제력에 대한 자신이 있다면 그것으로 북한을 설득했어야죠. 사실 미국이 우리의 도움 없이 북을 침공한다는 것이 쉬운 일이 아니에요. 미국이 대한민국의 동의 없이 전쟁을 할 수 없다는 것을 명확히 해서 북한에게 그런 믿음을 주어 체제 보장 이야기가 나오지 않게 해야 한다고 봅니다.

김정은의
비핵화 행보

—— 김정은의 비핵화 행보를 어떻게 생각하십니까? 진보 진영에
서는 한반도의 비핵화, 나아가 평화 혹은 통일을 이룰 수 있는
절호의 기회로 보고 있는 것 같습니다. 진보 진영의 태도에 대
해 말씀해 주시고, 지금이 기회가 아니라면 남북한은 영원히
이런 고작 상대로 살아야 합니까?

이준석 저는 통일의 방법이 체제 우위를 통한 흡수통일 외에 어떤 방
법이 있을까 싶어요. 조금 극단적으로 들릴 수도 있겠지만 저
는 통일 교육도 필요 없다고 생각하는 사람입니다. 통일 교육
은 우리가 받아야 하는 것이 아니라 북한에 있는 사람들이 받
아야 한다고 봐요. 우리가 북한과 통일을 했을 때, 북한에서
받아들일 만한 요소가 있겠는가? 저는 북한에서 우리가 재활

용할 만한 게 없다고 봐요. 북한의 의식 체계나 사법 체계 등을 받아올 수는 없잖아요. 우리가 고민해야 할 것은 북한을 어떻게 우리 체제에 편입시킬 것인가? 그런 고민을 해야죠. 동·서독이 합쳐졌을 때 동독적 가치가 살아남은 경우는 거의 없어요.

흡수통일의 경우 남한 중심으로 되고, 북한은 받아들일 수밖에 없어요. 북한의 인적자원 중에서 남한에 흡수시킬 만한 것들이 있을까요? 결국, 흡수통일이란 북한 체제를 지우는 것이고, 우리가 북한과 타협할 일은 없다고 보는 거죠.

—— 문재인 정권이 북한을 상대하는 방식에 문제가 있다고 생각하세요?

이준석 현 정권은 통일을 생각하지 않고 상호 공존해야 한다는 입장입니다. 저는 통일의 방식은 우리가 북한을 수용하는 것밖에 없다고 봐요. 현 정권은 북한의 경제를 살리고 그들의 경제 발전을 도와 결국에는 서로 상생하자는 겁니다. 현 상태에서 상생하자는 이야기는 김정은의 정치적 생명을 연장해 주자는 것이죠. 그것은 결국 영구 분단 상태로 가자는 것입니다. 문재인 정권의 의도와 상관없이 그렇게 되겠죠. 하지만 저는 북한 정권이 붕괴되고, 우리가 그 북한을 접수해야 한다는 입장입니다. 그리고 흡수통일을 하자는 주장은 전쟁으로 문제를 해결하려는 것이 아니에요. 이 점은 분명히 밝혀 두어야 할 것 같습니다. 서독은 동독과 물리적인 충돌 없이 흡수했습니다.

—— 문재인 정권의 외교에 대해 어떻게 평가하고 있나요?

이준석 먼저 문재인 정권이 초기에 너무 많은 말들을 했어요. 운전자론, 균형자론 등등. 문재인 대통령이 미국에 가서 말하면 뭔가 들어줄 것처럼 상황을 만들어 놓은 것이 실수였던 것 같아요. 외교는 어떤 정치인이라도 겸손해야 합니다. 그 분야는 대단히 전문적이죠. 저는 외교와 국내 정치를 혼동하면 안 된다고 봐요. 한국의 대통령들은 그것을 제대로 못 하는 것 같아요.

김영삼 문민 정부 때를 생각해 보세요. 일본의 버르장머리를 고쳐 주겠다는 말을 했습니다. 공연히 쓸데없는 말을 해서 아무 이익도 취하지 못하고, 나중에 낭패만 당했잖습니까. 이명박 전 대통령은 지지율이 떨어지니까, 독도에 가서 괜한 분쟁을 만들었고요. 박근혜 정권도 마찬가지예요.

제가 일본에 갔을 때 자민당 의원에게 직접 들은 말이 있어요. 이명박 정권 때 일본과의 관계가 많이 틀어져 있었어요. 그래서 박근혜 정권에게 기대하고 있다고 했어요. 왜냐하면 그들이 표면적으로 보기에는 박정희 전 대통령이 만주군 출신이었으니까, 아버지 영향으로 극단적으로 반일은 아닐 거다. 그런 얘기를 하더라고요. 그런데 박근혜 전 대통령이 일본과의 관계를 이상하게 만들어 버렸어요. 나중에는 미국이 끼어들어 위안부 문제를 해결하라고 했단 말이죠. 박근혜 정권이 내지르지만 않았어도 위안부 합의를 강요당하지는 않았을 겁니다. 그것 때문에 박근혜 정권이 얼마나 시달렸습니까?

저는 거의 모든 정권이 외교에 미숙했다고 봐요. 외교는 말을 아껴야 하는데, 대통령 중에 그런 분이 없었어요. 문재인 대통령은 먼저 샴페인을 터뜨린 것 같습니다. 외교라는 것은 전술이 필요한데, 그게 부족했다고 봐요. 북한이 달려들면 덥석 잡을 것이 아니라 애태우게 만들어야죠. 그런데 마치 우리가 책임지고 다 해줄 것처럼 했단 말이에요. 지금 상황을 보세요. 균형자가 아니라 미국과 북한에 낀 상태가 되어 버렸어요. 북한도 그게 불만인 것이고요.

—— 베트남에서 개최되었던 북미회담의 결렬에 대한 책임은 어디에 있다고 보세요?

이준석 북미회담 이야기하기 전에 미국인들이 한반도를 어떻게 생각하는지 확인할 필요가 있어요. 국민의 생각이 결국 정치인들에게 영향을 주거든요. 미국은 민주당과 공화당을 떠나 한국에 대한 이해의 수준이 아주 낮아요. 그냥 미개한 나라라고 여기죠. 이라크 전쟁 당시 후세인이 굴속에서 나오는 장면을 중계방송했어요. 저는 미국 친구들과 함께 그것을 보았습니다. 그때 친구들이 제게 김정일도 저렇게 될 것이라고 말했어요. 그것은 미국인들이 북한을 생각하는 한 단면을 보여준 겁니다. 트럼프 역시 미국인들이 북한을 생각하는 것과 별반 다르지 않을 거라고 봐요. 저는 트럼프가 김정은을 상대하는 태도의 기저에는 미국인들이 북한이나 북한 지도자를 생각하는 것과 똑같은 심리가 있을 거라고 봅니다.

미국이 북한에 대한 인식의 한 단면을 보여주는 사건이 있어요. 외교에서는 말 한마디 한마디를 신중해야 합니다. 싱가포르 회담 뒤에 폼페이오가 평양에 갔다가 나오는데, 합의문 자체에 대한 해석이 달랐습니다. 그때 가장 문제가 되었던 것이 북한 비핵화와 한반도 비핵화였습니다. 전자는 북한에 한정된 이야기이고, 후자는 남한이 포함된 것이었습니다. 특히 한반도 비핵화는 남한의 주한미군 문제가 걸려 있거든요. 저는 미국이 북한 문제에 대해 신중하지 못한 것은 기본적으로 미국 정치인들의 북한에 대한 생각과 관련이 있다고 봅니다.

미국은 기본적으로 아시아에 관심이 별로 없어요. 현재 그들의 관심은 중국 정도일 겁니다. 중국과의 통상 마찰은 아주 큰 문제입니다. 저는 트럼프가 북한 문제를 해결하려고 열의를 갖고 움직일 거라고 보지 않아요. 그는 우리처럼 핵은 없어야 한다는 절박함이 없다고 봐요. 북한도 핵을 포기하지 않고, 트럼프도 북한을 공격해 문제를 만들 것 같지는 않아요.

트럼프는 결국 이 상황을 즐길 거라고 봅니다. 저는 트럼프가 베트남의 이벤트가 필요했지만 실제로 무엇을 할 생각이 없었다고 보거든요. 저는 트럼프가 북한 문제를 적극적으로 해결하려는 의지에 대해 굉장히 회의적으로 생각하고 있어요.

북한의 열리고 있는
사회와 그 적들

—— 최근 영국의 「가디언」 지는 김일성대학에 유학 중인 호주 청
년 '시글리'의 기고문을 실었습니다. 그 내용이 퍽 재미있습니
다. "평양의 지하철은 게임과 영화, 뉴스에 빠진 '스마트폰 좀
비'로 가득하다. 내가 만난 북한 사람 중 스마트폰이 없는 유
일한 사람은 2000년대 노키아의 피처폰을 사용하는 73세의
문학론 교수님뿐이다." 북한의 이런 변화에 대해 어떻게 생각
하십니까?

이준석 이런 변화는 필연적이죠. 하지만 스마트폰은 통신수단의 의미
보다는 SNS 등을 통한 여론 형성 기능이 중요합니다. 인터넷
에 접속해 정보를 확인하기도 하고요. 그런데 북한의 스마트
폰은 그런 것이 불가능할 겁니다. 구글 접속이 불가능하다면

스마트폰의 보급이 북한에 유의미한 변화를 이끌어 낼 수는 없을 것으로 봅니다.

—— 사실 북한 주민은 남한의 헌법이 보장하는 우리 국민입니다. 그래서 이들이 탈북해 남으로 오면 정부는 주민등록증을 내주고 남한 정착을 위한 최소한의 도움을 제공합니다. 그런데도 김영삼 정부 시절 북한에서 대량 아사가 일어났을 때 남한에서는 북한 인민을 위한 최소한의 구호 조치를 하지 않았습니다. 당시 중앙정보부는 이런 상황을 어느 정도 파악하고 있었을 겁니다.

이준석 아사에 대한 일차적인 책임은 북한 정권에 있어요. 당시도 현재도 마찬가지라고 봅니다. 북한을 실효적으로 지배하고 있는 북한 정권과 분리해서 이해할 수 없는 문제예요. 그 문제를 북한 주민이 굶어 죽고 있다는 감정적인 접근으로 이해할 문제는 아니라고 봐요.

—— 만일 당시 이준석 최고위원께서 지원을 결정할 수 있는 리더였다면 어떤 결정을 했겠습니까?

이준석 저는 북한 정권을 상대할 수밖에 없다고 봐요. 식량을 북한으로 보낸다면 그것을 인민에게 배급할 당사자는 북한 정권이죠. 그래서 북한 정권이 북한 인민에게 이 쌀이 남한에서 왔다는 것을 밝히고 배분한다면 지원할 용의가 있어요.

—— 만일 북한 정권이 쌀을 받고 배급도 공정하게 하겠지만 그 쌀이 남한에서 왔다는 것을 밝힐 수 없다고 한다면요?

이준석 그런 경우 제가 리더라면 지원할 수 없습니다. 저는 어떤 경우에도 원칙을 훼손하면 안 된다고 믿는 정치인입니다. 인도적인 지원도 마찬가지입니다.

—— 나경원 한국당 원내대표가 국회 연설 중에 문재인 대통령을 북한의 수석 대변인이라고 말하는 바람에 한바탕 소란이 있었습니다. 먼저 나경원 원내대표의 이런 발언에 대해 어떻게 생각하십니까? 그리고 그 발언에 대한 민주당의 태도에 대해서 어떻게 생각하십니까?

이준석 '수석 대변인'이라는 말은 특별히 의미를 가지고 한 말이 아니었을 겁니다. 그것은 당시 영상을 보면 알 수 있어요. 그 말을 실수로 했다가 다시 하거든요. 또 자신의 말이 아니라 인용한 말로 보여요. 그런데 오히려 민주당에서 과도한 반응을 보인 것 같아요. 문재인 대통령이 운전자론 혹은 균형자론을 이야기하려면 대변인이라는 말을 감수해야 한다고 봐요.

사실 북미 관계에서 북한 쪽의 입장이 과소평가된 것은 사실입니다. 그것을 문재인 대통령이 채워 주겠다는 입장이고요. 그러니까 당연히 문재인 대통령이 북한을 대변할 수밖에 없잖습니까. 나경원 원내대표가 수석 대변인 얘기를 했을 때, 민주당에서는 수석 대변인까지는 아니라고 해도 가끔 북한 입장을 대변하고, 그래야 하지 않냐? 그 정도로 하고 넘어갈 수도 있었을 텐데, 오히려 일을 더 크게 만들었다고 생각해요. 그렇게 했다면 나경원 원내대표가 좀 머쓱했을 겁니다. 실제로 노무현 전 대통령이 김정일에게 말하길 외국 정상들에게 나는 당신의 대변인 역할도 하고 변호인 역할도 한다고 했거든요. NNL 대화록에서 그런 말을 했지만 보수 쪽에서 그것을 문제 삼지 않았단 말입니다. 민주당도 좀 노련해질 필요가 있습니다.

—— 당시 말이 많았던 판문점 선언의 국회 비준 동의안에 대해 말씀해 주시겠습니까? 바른미래당의 입장이 있었을 것이고, 비준 동의안에 대한 이준석 최고위원의 생각도 있었을 것 같습니다.

이준석 비준 동의안이란 원래 예산과 추가 입법이 필요할 때 하는 것입니다. 조약에 준하는 것으로 보고 비준하는 것이지요. 대북 사업으로 명시된 것 중에 철도 사업이 가장 컸는데요. 철도 연결 등이 주 사업이었는데, 비준을 판단하려면 가장 먼저 봐야 할 것이 비용 대비 효율이에요. 대통령이 가서 보고 철도 연결이 필요하다고 할 수 있어요. 국회의 역할은 그것이 타당한 것인가를 따져 보는 겁니다. 동해선의 경우, 러시아에서 조사한 것을 보면 4조에서 20조 원 사이에요. 4조인지 20조인지 알아야 동의할 거 아닙니까?

그때 나온 예산이 2천억 원 정도였어요. 그야말로 초기에 필요한 돈만 제시한 거죠. 그 계획이 구체성이 없이 너무 막연했어요. 만일 디테일이 정확했다면 동의할 수 있었어요. 원래 비준은 국회가 안 해도 됩니다. 외교·안보는 대통령의 고유 권한이거든요. 문재인 정권은 판문점 선언을 국회에서 동의했다는 선전이 목적이었던 것 같습니다.

Q&A
미니 인터뷰

정치인의 최고 덕목
책임감

사람을 만날 때 가장 먼저 보는 곳
눈을 응시한다.

지금 가장 먼저 떠오르는 얼굴
하태경 의원의 요즘 풀이 죽은 모습

가장 자랑스러웠던 일
하버드 대학 합격증 받았을 때

가장 부끄러웠던 일
술 먹고 집 도어락 비밀번호 기억 안 나서 문 앞에서 잤을 때.

좋아하는 계절
여름

좋아하는 색깔
하늘색

좋아하는 나무와 꽃 이름
소나무, 벚꽃

갖고 싶은 별명
한국의 오바마

아직까지 못 했지만 꼭 하고 싶은 취미
드론을 날리면서 상계동의 풍경을 유튜브에 올려보고 싶다.

가지고 있는 물건 중에서 가장 비싼 상표가 달린 물건
전자제품밖에 없는데 그중 노트북이 제일 비싸다.

약속에서 가장 많이 기다려 본 시간, 가장 늦게 간 시간
미국에서 겨울에 비행기가 얼어서 하루 기다렸다 탄 적 있다.

국회의원이 꼭 지켜야 할 세 가지
돈 관리, 사람 관리, 보좌관 관리.

마음 행복의 조건
마음 졸일 일을 만들지 않아야 한다.

IV. 경제

국제적인 분업과
개방 경제론

—— 이번 장에서는 경제문제를 짚어 보겠습니다. 이준석 최고위
원께서는 보수와 진보를 가르는 중요한 기준이 경제정책이라
고 생각하시는 것 같습니다. 그렇다면 구체적으로 합리적인
보수를 지향하는 이준석 최고위원 자신만의 특별한 경제정책
이란 어떤 것인가요?

이준석 경제의 원칙을 성장에 둘 것인가? 분배에 둘 것인가? 이것이
보수와 진보를 가르는 기준이 될 거라고 봐요. 저는 여전히 성
장이 중요하다고 생각합니다. 시장을 믿는 편이죠. 저는 시장
을 확장해 국제적인 분업으로 가야 한다고 봅니다. 굳이 이름
붙이자면 개방 경제론이라고 할까요.

—— 국제적인 분업, 개방 경제론을 좀 구체적으로 말씀해 주시죠.

이준석 우리나라는 지금까지 수입 대체 전략을 써 왔어요. IT에서 그런 생각을 가지고 있어요. 구글이 있으면 네이버가 있어야 한다는 거죠. 일본은 아직도 검색엔진을 미국 제품인 야후를 사용하고 있어요. 미국에서 야후가 망했는데도 말이에요. 유튜브를 생각해 보세요. 유튜브의 대체 서비스를 만드는 것이 유튜브에 대항하는 방법이냐? 아니면 유튜브가 만들어 놓은 룰속에서 방탄소년단을 실어 돈을 많이 버는 것이 우리가 갈 길이냐? 저는 어느 정도 국제적인 분업화를 인정해야 한다는 입장입니다. 우리가 플랫폼 사업자가 되려는 노력 자체가 무의미하단 거죠. 유튜브에 제공한 콘텐츠로 돈을 벌고, 그 수입 일부를 공간을 제공한 플랫폼 사업자와 분배하면 됩니다. 그런데 우리는 공간을 제공한 업자에게 부정적이란 말이죠.

저는 먼저 그 관점이 크게 한번 변해야 한다고 봐요. 그리고 게임은 우리가 플랫폼 사업자가 될 수 있잖아요. 그 사업은 우리가 엄청난 경쟁력을 갖고 있으니까요. 국제 플랫폼은 우리의 정보가 유출될 수 있는 것도 있지만, 반대로 생각하면 우리 콘텐츠가 밖으로 나갈 수 있는 통로가 되기도 하거든요. 그런 관점에 우리가 더 개방적일 필요가 있다는 거죠. 이것과 관련해 시대착오적인 정부 지원 사업도 많아요. 국산 운영체제를 만들어 공무원 컴퓨터에 깔아 주겠다고 몇십억, 몇

백억짜리 사업을 한단 말입니다. 그 운영체제는 사회적인 비효율을 세금으로 만드는 거예요. 그 제품은 다른 곳에 팔아먹을 수도 없어요. 국제적인 분업화에서 왜 그것을 우리가 해야 하는 거죠? 윈도(window)를 쓰면 되잖아요. 흔글도 마찬가지고요.

사실 반도체나 조선 등에서 우리가 세계 최강으로 가고 있습니다. 솔직히 말하면 우리는 중상주의 시대처럼 세계에 물건을 팔면서 국제 분업 체제를 거부한다는 것이 말이 안 되는 거죠. 현재 한국 경제의 국제적인 위상을 생각해서도 그래요. 지금 우리는 1970년대를 살고 있는 것이 아닙니다.

—— 문재인 정부의 비정규직의 정규직 전환 정책에 대해 어떻게 생각하십니까?

이준석 저는 지속 불가능한 정책이라고 봅니다. 공공 부문은 어떻게 된다고 하더라도, 기업이 무리하게 비정규직을 정규직으로 전환한다면 지탱할 수 있을까요? 너무나 현실성이 없는 정책입니다. 기업이 인력을 정규직으로 고용한다는 것은 많은 부담을 질 수밖에 없는 일이거든요. 그래서 이후의 해고 비용까지 생각해 고용을 적게 하는 것이고요. 저는 기업이 해고를 쉽게 할 수 있어야 경영 효율성이 높아져서 결국에는 사회에 득이 될 것으로 봅니다. 해고는 쉽게 하고, 실업급여·재취업 프로그램 · 기본소득 등등의 사회 안전망을 강화해야겠죠.

　　가령 현재는 실업을 당하고도 실업급여를 못 받는 경우가 대부분이에요. 자발적, 비자발적 실업으로 나눠 자발적 실업은 지급 자체를 하지 않고 있어요. 이것 때문에 재취업하고도 부정 수급을 하는 경우도 있고요. 저는 그런 구별 없이 실업급여를 다 주어야 한다고 봅니다. 그렇게 되면 노동 유연성 확보에도 도움이 될 겁니다.

자영업자가 많은
한국의 최저임금제

이번 정권에서 역점을 두고 있는 경제정책이 최저임금 인상입니다. 이 정책 때문에 말이 많습니다. 특히 최저임금 정책 때문에 힘든 계층은 자영업자들이라고 알려져 있습니다. 더구나 한국은 다른 OECD 국가들과 비교해 자영업자 비율이 월등히 높다고 합니다. 어떻게 진단하시나요?

이준석 저는 자영업자에게 고통을 가중하는 정책이라고 봅니다. 자영업자들은 최저임금 때문에 직격탄을 맞았어요. 그들은 제품에 대한 가격 결정권이 없는데 지출만 늘어났으니까요. 장사가 잘 되지 않는 편의점으로선 치명적이거든요. 임금은 경제가 잘 돌아가는 경쟁 상황에서는 누가 뭐라고 하지 않아도 올라가요. 억지로 올릴 경우는 해고로 이어지니까 업주에게도 일하는 노동자에게도 바람직하다고 볼 수 없어요.

택시 운전기사를 예로 들어 봅시다. 택시비가 20퍼센트 오르고 나서 운전기사들의 삶이 많이 좋아졌어요. 왜냐하면 사납금을 올리지 못하게 막아 두었거든요. 사납금이 하루에 12만 원에서 14만 원 사이거든. 26일이 만근이니까 한 달에 300만 원에서 350만 원이 사납금입니다. 그 외에 추가 수입금이 한 달에 한 100만 원 정도 발생했거든요. 그러면 택시의 한 달 매출이 400만 원에서 450만 원 정도 되는 셈이죠.

회사에서 택시 운전기사에게 주는 월급이 100만 원 정도입니다. 결국 월수입이 200만 원에서 220만 원 정도입니다. 그런데 택시비가 20퍼센트 오르는 바람에 한 달 수입이 얼추 270만 원 정도로 갔어요. 정부의 개입이 택시 운전기사에게는 긍정적인 효과를 냈습니다. 그런데 편의점 점주는 최저임금 때문에 죽을 맛이 되었죠.

—— 공공 부문의 일자리 창출도 이번 정권에서 대단히 신경 쓰고 있는 정책입니다. 이걸 선심성 정책으로 보시는지요?

이준석 공공 부문에서 4차산업, IT 발달 등의 영향으로 일자리가 줄어드는 것이 하나의 경향입니다. 요즘 동사무소에 가면 등본이나 서류를 자동발급기로 뽑을 수 있습니다. 그럼 인력을 줄여야죠. 그런데 정부에서는 소방이나 경찰 인력을 증원하겠다고 했습니다. 강원도 산불이 났을 때 진화에 인력 동원의 기여가 컸느냐, 장비 동원의 기여가 컸느냐? 그것을 한번 따져 봐야죠. 이런저런 말들이 있었지만, 장비 덕분이라고 말했던 전문가가 많았어요. 화학소방차, 헬기 등등이죠.

그리고 문재인 정권의 국방 개혁 내용을 보면 군 장비의 현대화로 사병에 의존하는 군대에서 벗어나려는 것으로 보입니다. 장교 숫자도 줄이고 있습니다. 제가 하고 싶은 말은 일자리를 늘리는 것이 옳은가, 아니면 소방의 첨단화를 추진하는 것이 옳은가 한번 생각해 봐야 한다는 겁니다. 그런데 소방 분야에서는 첨단화와 인력을 늘리는 것을 동시에 주장해 일관성이 없다는 것이죠. 공공 기관에서 채용한 인력은 쉽게 해고하기도 힘들어요. 그런 일자리는 나중에는 그 기관의 효율성을 떨어뜨릴 수도 있다는 말입니다.

그냥 이론일 뿐인
소득 주도 성장

—— 문재인 정권의 경제정책은 수요 측면에서 소득 주도 성장입니다. 정부는 저소득층의 소득을 늘리면 총 수요가 증가할 것이고, 그것을 통해 경제를 성장시킬 수 있다고 보는 것 같습니다. '소득 증가→소비 증가→기업 이윤 증가→고용 확대→소득 증가'라는 선순환으로 침체한 경기를 다시 일으킬 수 있다고 본 것이 아닌가 합니다. 그것을 위해 비정규직의 정규직 전환, 최저임금 인상, 공공 부문 일자리 창출 등을 시도한 것으로 판단이 됩니다. 이런 정부의 경제정책이 잘못된 것으로 보십니까?

이준석 우리 아버지 세대는 돈이 생겨도 막 쓰지 않았어요. 소득이 소비로 쉽게 연결되지 않았다는 겁니다. 특히 한국 같은 경우는 부동산이 자산에서 차지하는 비율이 너무 높습니다. 그래서 내수 시장이 크게 열리지 않아요. 실제로 소비할 수 있는 가처분 자산이 잘 만들어지지 않습니다. 우리는 생활비나 주택 대출금을 갚고 나면 소비할 여력이 없습니다. 가처분소득이 생겨도 소비 증가로 이어지지 못하죠. 저는 오히려 주거를, 가령 대대적인 국가임대주택사업을 실시해 주거 비용을 가처분소득으로 쓸 수 있는 정책을 펼치면 내수 여력이 생길 수도 있다고 봐요. 이명박 정권은 세금을 내려 가처분소득을 늘리려고 했습니다. 한국적인 상황에서 이것이 더 적합한 정책인데, 그마저 성과가 별로 없었다는 게 문제이긴 했죠.

한국의 내수가 시원찮다는 것을 실증적으로 보여주는 사례가 연예계입니다. 요즘 가수들은 음반 발표를 외국에서 많이 하고 있습니다. 국내 시장에서 기대할 게 없다고 보는 겁니다. 방탄소년단은 처음부터 외국 시장을 목표로 출발했습니다. 삼성도 제품 출시를 외국에서 먼저 하고 있습니다. 국내 시장의 여력을 별로 믿지 않는다는 겁니다.

한국에서 소비 증가가 발생한 예를 든다면 부동산 거품이 대표적입니다. 부동산 가격이 올라가면 기대 심리가 작용해 소비가 급격히 증가했어요. 강남의 사교육 시장도 부동산 거품과 관련이 있는 것으로 알고 있고요. 또 부동산이 오르면 건설사에서 집을 지을 거잖아요. 그럼, 일용 시장도 활성화되고요. 하지만 부동산 거품은 후유증을 발생시킬 수 있어 정부에서 규제를 했어요. 한국에서 소득 증가로 인해 소비 증가로 이어진 경우가 거의 없어요. 그러니까, 이 이론은 그냥 이론일 뿐이죠.

　　문재인 정권은 기본적으로 분배 정책인데, 그들도 국민의 성장에 대한 열망을 알고 있기 때문에 소득 주도 성장이란 말을 쓰는 겁니다. 그것이 성장이 빠진 다른 이름이었다면 이렇게까지 공격을 받진 않을 것으로 봐요. '소득 양극화 해결 대책'이라든지 '적정 임금 정책'이라든지.

　　가처분소득을 늘려 경제를 살리자는 이야기는 이명박 정부가 썼던 정책입니다. 이명박 정권은 세금을 내림으로써 가처분 여력을 높여 경제를 선순환하자는 것이었습니다. 굳이 따지자면 어느 계층에게 돈을 풀 것인가 하는 차이는 있겠죠. 잘 한번 생각해 볼 필요가 있습니다.

　　민주당에서는 이명박 정권 시절에 감세를 했어도 소비가 늘지 않았다고 이야기합니다. 감세 정책은 세금을 내려 기업에 활력을 주고, 그것을 동력으로 고용을 늘리고, 소비를 높이는 것이 목적이죠. 그것을 부정해 놓고 앞부분에 감세 대신 최저임금 인상으로 바꿔 놓고 우리는 된다고 주장하고 있습니다. 궁색한 거죠.

―――문재인 대통령은 지난 2019년 4월 1일 청와대에서 열린 시민 사회단체 초청 간담회에서 소득 주도 성장에 대해 "성공하고

있다고 선을 긋듯이 말할 수는 없을지도 모르겠다."고 전제하고, "고용된 노동자 소득수준이 높아진 것은 틀림없는 성과"라고 했습니다. 원래 목적인, '기업 이윤 증가→고용 확대→소득 증가'라는 선순환이 이루어지지 않고 있다고 시인한 셈입니다. 아무튼 소득 주도 성장이 현재까지는 성공적이지 못한 것은 사실인 것 같습니다.

이준석 고용된 노동자의 소득수준이 높아졌다고 봤는데, 저는 이것이 잘못된 통계의 결과라고 생각합니다. 원래 노동자 다섯 명이 고용된 상태에서 임금이 올라가면 사용자는 그 임금을 감당할 수 없어 한 명 정도는 해고하겠지요. 그럼 네 명의 임금이 올라가겠지만 그 경우 네 명의 노동자는 임금 상승 때문에 세금이 올라갈 겁니다. 처음에 정부가 의도한 만큼 노동자의 상황이 좋아지지 않는 것이죠. 유의미한 소비 여력이 생기지 않는다는 겁니다.

　　이런 정책이 노동자에게도 고용주에게도 이익이 되려면 고용주의 총소득이 올라가야 해요. 그럼 해고 없이 고용된 노동자의 임금이 올라가겠죠. 하지만 편의점 같은 자영업자에게는 고용주의 영업이익이 너무 적기 때문에 이런 기대를 할 수 없어요. 다만 기업에서 이런 결과를 만들고 싶다면 정부가 세금을 내려 기업에 활력을 불어넣어 주어야 한다고 봐요.

—— 정부는 현재의 한국 경제를 상당히 구조적이고 복합적인 위기 상황으로 파악하고 있는 것 같습니다. '저성장 고착화·양극화 심화' 이런 문제들이 산적해 있는 상황이라 분석 자체는 정확하다고 보입니다. 그래서 나온 해답이 경제성장을 수요 측면에서는 일자리 중심의 소득 주도 성장, 공급 측면에서는 혁신성장으로 전환해 분배성장의 선순환을 이루는 겁니다. 그야말로 사람 중심 지속성장 경제를 구현하려는 야심을 보입니다. 혁신성장의 내용을 보면 협력·혁신 생태계 구축을 통해 중소기업의 성장 동력을 촉진하는 겁니다. 그리고 정부의 지원 대상은 개별 기업이 아니라 인프라·협력 생태계입니다. 즉 중소기업 네트워크를 추진하겠다는 이야기입니다. 이 부분에 대해서 이준석 최고위원의 생각은 어떠신가요?

이준석 문재인 정권의 경제정책이 주먹구구식이라는 것을 보여주는 겁니다. 원래 이 정권은 공급 측면의 혁신성장 계획은 집권 과정에서는 없었습니다. 저는 이것이 소득 주도 성장이 되지 않으니까 만든 것으로 생각해요. 성장이 되지 않으니까, 성장 담론을 들고 나왔다고 보는 것이죠. 성장에 대한 국민적인 요구가 있고, 그 결핍에 대한 콤플렉스로 나온 정책이 혁신성장이라고 봅니다. 그런데 문제는 그 내용이 너무 빈약해요.

가령 정부가 소유한 영상물의 저작권을 전부 개방해 새로운 영상 콘텐츠 문화를 만들고 그것을 통해 부가가치를

창출하겠다, 그런 식으로 구체적인 내용이 있었다면 약간의
신뢰가 생겼을 겁니다.

경제를 살리기 위한
탈출구

—— 문재인 정권이 경제를 성공시키기 위한 탈출구가 뭐라고 생각하세요?

이준석 저는 국수주의적인 관점을 버려야 한다고 생각합니다. 예를 들면 문재인 정권은 민자 사업을 싫어합니다. 터널과 도로를 짓는 데 외국 자본이 들어오는 것은 나쁜 게 아니에요. 우리나라의 경우는 정부가 사업에 개입하는 것보다는 민자 사업에 맡기는 게 나을 수도 있어요. 자본 유치에 대해 개방적으로 나서야 한다고 봅니다. 산업은행이 아시아나 항공을 매각하라고 하니, 팔려면 금호석유화학에 넘겨야 한다는 얘기가 나옵니다. 우리나라의 경우 항공 기업이 해외에 매각되면 큰일 나는 것으로 알고 있어요. 국가적 자존심 문제로 인식하고 있는 거죠. 전 세계적으로 가장 오래된 항공사인 네덜란드의 KLM 항공이 에어 프랑스랑 합병했습니다. 이미 그런 시대가 되었거든요.

가령 아시아나 항공에 해외 투자자가 수조 원을 들이부어 더 좋은 항공사를 만든다면 좋은 것입니다. 아시아나의 허브 공항은 어차피 인천입니다. 그러면 아시아나 항공의 매출 중에서 상당 부분을 인천공항이 가져올 겁니다. 정유사나 관광사도 마찬가지입니다. 그런 상황이라면 아시아나의 외국 매각을 받아들여야 한다고 봅니다. 시장의 논리에 맡겨야죠.

앞으로 시장은 국내 시장만이 아니라 글로벌 시장에 맡겨야 한다고 생각합니다. 외국 기업이 한국에서 경쟁해 이익만 취하는 것이 아니에요. 론스타처럼 외국 기업이 우리 시장을 항상 이기는 것도 아니고요. 이마트는 외국 마트들을 다 정리하게 만들고 한국 시장에서 강자가 되었습니다. 한국 시장에서 외국 기업과 싸워 승리한 거죠. 요즘 한창 말이 많은 쿠팡도 마찬가지고요.

——— 우리가 사실 경제정책 전문가는 아니지만, 혹시 평소에 생각해 둔 경제정책이나 일자리 정책이 있다면 말씀해 주세요.

이준석 정부가 할 일은 산업에 씨앗을 뿌리는 겁니다. 그게 산업진흥 정책이죠. 가령 정부가 할 수 있는 일을 한번 예를 들어 본다면 KBS 창고에서 잠자고 있는 모든 영상물의 저작권을 푸는 겁니다. 그게 무슨 말이냐 하면요. 영상물에 대한 권리가 풀리게 되면 엄청난 부가가치가 만들어져요. 땡전 뉴스를 한번 생각해 보세요. 사료에 불과한 그 영상물을 일반인에게 푼다면 그곳에 다른 콘텐츠를 입혀 새로운 영상물이 탄생할 수 있는 겁니다. 부가가치가 높은 영상물로 말입니다.

제 말은 돈을 풀라는 것이 아니라 자산을 풀라는 거죠. 100원의 돈을 100명에게 주면 1원이지만 자산은 달라요. 자산을 풀면 능력과 의지가 있는 사람들은 누구든지 활용할 수 있을 것입니다. KBS 다큐멘터리 영상물을 푼다고 생각해 보세요. 그런 영상물은 엄청난 고부가가치를 지닌 영상물로 재탄생할 수 있는 거죠. 저는 그것이 정부가 할 일이라고 생각합니다. 원래 정부의 저작물은 풀 수 있도록 되어 있어요. 하지만 KBS는 공사의 소유로 되어 있기 때문에 안 된다고 하는 겁니다. 이런 영상물들이 풀린다면 유튜버들을 확실히 양성할 수 있을 것으로 봐요. 이것은 영상물을 많이 소비하는 청년에게 혜택이 집중될 수는 있겠지만 청년에게만 혜택이 가는 할당제 성격의 정책은 아니에요. 좀 전에 말한 것이 개방 경제입니다. 저는 개방 경제가 한국 경제에 활력을 줄 수 있다고 생각합니다.

제가 택시 운전을 하면서 알게 됐는데, 카카오 택시에 쌓여 있는 정보가 굉장히 많아요. 사람들이 호출한 정보라든지 찾아보면 많을 겁니다. 택시에 있는 정보를 정부가 활용하고 싶다? 그럴 가능성이 있어요. 정책을 수립하기 위해 그런 정보들이 필요할 수 있거든요. 그럼 어느 정도의 공정 비용을 지불하고 정부가 매입하는 겁니다. 개방 경제에서 중요한 가치가 뭐냐 하면요. 무형의 가치를 제값을 주는 것부터 선행되어야 해요. 이것을 법제화해야죠. 이런 과정이 필요합니다. 이렇게 하면 새로운 산업 모델이 생겨요. 이렇게 정보를 정부가 매입한다면 민간에서 정부가 관심을 가질 만한 정보를 채집하는 기업을 만들 수도 있는 거죠. 그리고 우리가 가진 정보를 팔 수 있다고 생각하면 수입 구조도 달라질 겁니다. 그렇게 되면 안 하려고 했던 사업도 할 수 있을 겁니다.

저는 저의 지역구민을 위해 제가 제작한 미세먼지 측정기를 지역에 한 100개 정도 설치할 생각이에요. 현재 상계동에는 2개밖에 없어요. 그런데 정부에서 제가 설치한 측정기 자료를 가져가는 대신에 한 대당 월별로 천 원을 주겠다, 그러면 저는 당연히 비용 계산이 들어가죠. 데이터 산업이라는 게 한번 해볼 만해요. 쓸모 있는 데이터인지는 나중에 판별되겠지만 우선은 일을 추진할 수 있는 동력이 되는 겁니다.

—— 그런 재미난 아이디어들이 정책으로 이어질 수 있을 것 같은데, 왜 쉽게 안 될까요?

이준석 먼저 국가가 저작권을 가지고 있는 지적 소유권을 풀어야 합니다. 그래서 민간에게 넘겨야 합니다. 다음으로 규제를 완벽하게 풀어야죠. 규제에 대한 블랙리스트 방법을 취하겠다는 겁니다. 무슨 말이냐 하면 정부 혹은 규제하는 기관에서 하지 말라고 명시한 것을 빼고는 다 해도 된다는 겁니다.

규제의 철학을 그런 식으로 바꿔야 합니다. 지금은 무엇을 하려면 규제 기관에서 유권 해석을 받아야 해요. 우리나라는 경제 주체가 무엇을 기획해서 하면 규제 기관에서 안 된다고 할 때가 많아요. 어떤 경우는 돈을 투자해서 잘 되고 있는데, 관계 기관에서 갑자기 안 된다고 합니다. 비트코인이 대표적으로 그런 사례였어요. 비트코인 거래소를 설립하면 안 된다는 규정은 없어요. 그런데 나중에 법무부 장관까지 나서서 이것은 도박이다, 이런 식으로 규제를 했습니다. 저는 법무부 장관이 난리 칠 일이 아니라 국회에서 규제하는 법을 만들어야 한다고 봅니다. 그러면 치열한 논쟁의 장이 되었을 것입니다.

우리나라는 법 위에 관료가 있습니다. 박근혜, 문재인 정권 둘 다 규제를 철폐하겠다고 항상 말했습니다. 그런데 왜 그게 잘 안 될까요? 공무원들이 그 권한을 내려놓기 싫어하거든요. 법으로 규제를 하는 것이 아니라 공무원들이 지도를 하는 거죠. 유승민 의원이 박근혜 정권과 사이가 틀어진 결정적 이유가 시행령 정치를 그만두란 말 때문이에요. 법은 무겁고

여야가 있기 때문에 나름 합리적인 결과가 나와요. 그런데 법을 자세히 보면 "기타 자세한 사항은 시행령으로 정한다."라고 되어 있어요. 시행령은 대통령령이나 장관령 등이 있어요. 미국의 경우는 철저하게 블랙리스트죠.

—— 이준석 최고위원께서 리더라면 청년 실업자 혹은 중장년 실업자들에게 어떤 일자리를 주시겠습니까?

이준석 SOC 사업을 하겠습니다. 특히, 저는 교통 인프라를 조성하겠습니다. 비용 편익 조사를 해보면 무조건 1이 넘는 사업이거든요. 속어로 '공구리'라고 욕할 수도 있겠지만 이런 일자리가 꼭 필요한 사람들이 있어요. 가령 IT 같은 사업을 하면 머리 좋은 사람이 다 먹어요. 한마디로 먹는 사람이 다 먹는 구조예요. 그리고 저는 청년 일자리를 따로 만들기보다는 육체노동을 할 수밖에 없는 사람과 전문성을 가진 사람들의 일자리를 구분해 취업 대책을 마련하겠어요. 나이는 그렇게 중요한 요소라고 생각하지 않아요.

상계동과 싱가포르,
그리고 경제

───── 지역구인 상계동에 대한 경제정책이 있으면 소개해 주시겠습니까?

이준석 상계동은 베드타운이에요. 베드타운은 질이 중요해요. 판교가 뜰 수 있었던 건 분당이라는 베드타운이 있었기 때문입니다. 사람들은 기업이 들어와야 한다고 하는데, 지금 상황은 베드타운의 질이 떨어지기 때문에 기업이 들어오기도 쉽지 않아요. 서울시 생각은 유통업체를 끌고 들어오려고 해요. 그 말은 뭐냐 하면 백화점을 세워 동네를 건대입구처럼 만들려고 하는 것이죠.

저라면 이전이 결정된 지하철 창동 기지나 도봉면허 시험장 부지에 서울시 산하 공공 기관을 가져와 동네를 부흥시킬 수 있다고 봐요. 서울시 공공 기관이 여기저기 흩어져 있거든요. 상계동이 공무원들 살기에 나쁘지 않습니다. 그러니까 행정 타운으로 갈 가능성이 있다, 저는 그렇게 봐요. 4호선과 7호선 환승이 되거든요. 상암동에도 서울 여기저기 있는 방송국을 한곳에 모았잖아요.

시하철 창동 기지나 도봉면허시험장 부지를 길 개발하면 서울 북부 교통의 중심지로 만들 수도 있을 것 같아요. 강남고속터미널·동서울터미널이 이미 있고, 북부 지역에도 터미널이 필요하거든요. 그런데 터미널은 시설이지 산업의 관점은 아니거든요. 그런 약점이 있어요. 만일 터미널을 짓겠다고 마음먹으면 지하화를 추진해 동네에는 대형 버스가 보이지 않게 할 수도 있습니다. 그 위에 공원을 조성하면 되거든요. 성남이 터미널을 그렇게 만들었죠. 그럼 동네 사람들의 원성도 없을 겁니다.

또 생각한 것은 이 동네가 메디컬 타운이 될 만한 가능성이 있어요. 박원순 시장이 서울시립대 의대를 만들고 싶어합니다. 그래서 최근에 서남대가 망했을 때 서울시립대가 인수하겠다고 했어요. 의대인데 학비를 낮추고 그 대신 졸업하고 공공 의료 기관에서 얼마간 봉사하고요. 시립대 의대의 입지 조건을 갖춘 데가 상계동이에요. 베드타운이고, 노인들이 많은 데도 백병원이나 작은 병원은 있어도 대학병원은 없거든요.

제가 서강대나 이화여대 제2캠퍼스를 유치하려고 했어요. 서강대는 남양주, 이대는 파주로 가려고 했던 것 같은데 학생들이 반대해서 무산된 것으로 압니다. 그런데 상계동은 서울이라 지리적으로 좋은 조건이죠. 땅도 대학 캠퍼스를 지을 만하고요. 요즘은 학교를 워낙 효율적으로 지으니까요.

—— 한국 경제에 대한 중장기 처방도 생각해 둔 것이 있을 것 같아요. 일종의 보수 집권을 위한 경제 프레임을 듣고 싶습니다.

이준석 한국이 새로운 성장 동력을 얻기 위해서는 규제 없는 국가가 되어야 할지 모릅니다. 싱가포르의 예를 한번 들어 보죠. 저는 어렸을 적에 싱가포르에서 살았던 경험 때문인지 그 나라가 아주 가깝게 느껴져요. 싱가포르의 리콴유 총리는 독재자라는 말을 들어 가면서 섬나라를 가난에서 탈출시켰죠. 하지만 도덕주의적인 국가 운영관이 아주 강했습니다. 아편전쟁 이후로 중국계 지도자의 특징이 뭐냐 하면 국민을 강하게 통치해야 한다는 철학이 있었어요. 그 나라에는 태형이 있을 정도니까요. 도덕적으로 타락하면 나라가 망한다는 강박이 자리 잡은 겁니다.

이런 강한 통치 때문에 다민족 국가인데도 나라가 큰 혼란 없이 잘 지탱할 수 있었던 같아요. 그런데 도덕주의로 나라를 운영하다 보니 더는 성장이 어렵게 된 겁니다. 왜냐하면 도덕이라는 것이 국민의 통치에만 적용된 것이 아니라 나라를 운영하는 큰 기준이 되었단 말입니다. 결국, 국가의 부를 쌓는 일에도 부도덕한 것을 용납하지 않았죠.

리콴유의 아들 리셴룽이 총리가 되면서 싱가포르 경제는 한계를 깨닫게 되는데요. 싱가포르는 새로운 산업이 필요했어요. 그런 변화 없이는 나라가 더는 부흥할 수 없다고 믿었죠. 그래서 카지노를 허용하고, 향락 산업도 국가 산업으로 끌어들인 겁니다. 그런 선택 덕분에 새로운 경제 발전의 동력을 찾았고요. 싱가포르가 1990년대 산업과 2000년대 산업이 다른 이유는 지도자들의 선택 때문입니다.

싱가포르의 성장이 한국에 던진 메시지는 뭘까요? 우리나라가 중공업이나 반도체로 다시 큰 성장을 기대하기는 힘들다고 봐요. 두 산업으로 한국은 여기까지 온 겁니다. 이제 우리는 새로운 동력을 찾아야죠. 그래서 우리의 도덕적 관념도 바꿔야 할지 몰라요. 가령 카지노 같은 것은 규제가 많습니다. 그게 정말 도덕적으로 문제가 많은 산업인지 한번 생각해봐야 해요. 흔히 카지노에서 돈을 잃는 사람들은 대부분 돈 좀 있는 부자들이거든요.

저는 한국 사람들이 가진 도덕적 터부를 타파해야 한다고 봐요. 당장 요즘 문제로 떠오른 영리병원을 한번 생각해 보세요. 저는 국민의료보험 체계가 무너지지 않는 범위 내에서 영리병원을 허용해야 한다는 입장입니다. 국민 다수에게 피해가 없는 상황에서 고급 의료 혜택을 부자에게 제공하는 영리병원을 우리가 굳이 반대해야 하나요? 다시 말해서 돈 많은 사람들이 선택적인 의료를 받는 것을 국민이 받아들여야 한다고 봐요. 그것 때문에 현재 우리가 가진 의료보험 체계가 무너질 것이라는 주장은 전혀 근거가 없다고 봐요.

한국의 성장 동력은 사라졌다고 봅니다. 소득 주도 성장이란 이름으로 사회적 취약 계층의 수입을 올려주어도, 이명박 정권 시절에는 세금을 내려주었어도 소비 증가로 이어지지 않는단 말이에요. 한국은 새로운 경제 성장 동력을 찾아야 합니다. 조금 전에 말한 카지노와 영리병원은, 예로 든 겁니다. 그런 산업들을 사회 전반적으로 받아들이려면 집권 세력의 확신이 있어야 합니다. 리더가 그런 확신을 바탕으로 국민을 설득해야죠. 한국이 다시 일어나기 위해선 다른 선택이 없다고 말해야죠.

|Q&A
미니 인터뷰

21세기를 한마디로 하면
눈 뜨고도 코 베어 가는 세상

낙관주의자, 비관주의자, 운명주의자?
낙관주의자

자신의 장점과 단점
귀찮은 것을 싫어한다, 귀찮은 것을 싫어한다.

혈액형
AB형

화났을 때 참는 법
컴퓨터 게임을 한다.

발 크기
265

새벽에 잠깨면 하는 일
컴퓨터를 켜서 이메일을 확인한다.

키, 몸무게, 허리둘레
174, 70, 34

눈, 코, 귀, 입, 이마, 턱 가운데 가장 잘생긴 곳
귀

태어난 곳
서울시 성동구 한양대병원

남들이 모르는 습관 한 가지
잘 때 눈을 뜨고 잔다.

잊을 수 없는 친구에게 보내는 안부 한마디
그때 그 아수라장에서 연락 끊긴 뒤에 살아있니?

혼자 있을 때 하는 버릇
핸드폰을 켜서 가상화폐 앱을 새로고침한다.

엉엉 운 적은?
술 먹고 처음 만취해서 몸과 마음이 분리되는 느낌에 당황해서
이렇게 죽는구나 싶어서 울었다. 이제는 아무리 먹어도 그냥 잔다.

V. 교육

한국을 위한,
한국에 의한,
한국의 교육

이준석 　저는 출산 문제를 좀 다르게 생각해요. 우선 출산 정책은 따로 있을 수 없다고 봐요. 출산은 취업의 종속변수로 봅니다. 중요한 것은 정부의 출산에 대한 생각입니다. 정부는 출산율을 높여야 한다는 집착이 강한데, 저는 그럴 필요가 없다고 봐요. 우리가 청년의 고용 문제를 제대로 해결하지 못하는 마당에 아이들을 더 낳겠다고 고집하는 것은 우스운 일입니다. 4차 산업혁명이 일어나면 일자리는 더 줄어들 가능성이 높아요. 아이를 낳지 말자는 게 아니라 우리가 태어난 아이들이 성장한 뒤에 일자리를 주지 못하면 그것도 그들에게 죄를 짓는 겁니다.

—— 만일 한국 산업이 다시 성장하고 역동성을 얻어 인력이 필요하게 된다면 어떡합니까?

이준석 그런 상황이 발생하면 좋은 일이죠. 그런 날이 오면 노동시장의 효율화나 개개인 노동력의 효율화를 좀 더 고민해 봐야죠. 그뿐만 아니라 우리의 경우는 여성 인력을 효율적으로 활용하고 있지 못한 상황입니다. 그 때문에 젠더 문제가 생기는 측면도 있다고 봐야 하고요. 여성 인력이 쉽게 사회 진출을 할 수 있는 방법을 찾아봐야 합니다. 또 외국에서 유입되는 이민을 받아들이는 것도 필요해 보입니다. 한국의 경우는 북한 인력도 있습니다. 물론 그들을 효율적으로 한국 경제에 투입할 수 있을지 모르겠지만요. 제 말은 산업 인력은 어떤 식으로라도 조달할 수 있다는 뜻입니다. 그래서 출산을 위해 과도한 재원을 투입할 필요가 없다고 봅니다.

—— 보육과 청소년 교육 문제에 대해서 말씀해 주세요.

이준석 출산 정책은 따로 있을 수 없다고 보지만 보육은 최대한 국가가 책임져야 한다고 생각합니다. 아이들을 보육원이나 유치원에 보내는 부모들의 경우는 자신들도 아직 사회에 완전히 적응 못 한 상태도 있거든요. 그러니 더더욱 국가가 책임져야 한다고 봅니다.

초등학교에 다닐 때도 역시 국가가 교육을 담당해야 한다고 생각합니다. 그리고 중등교육은 전반적으로 다시 검토해 볼 때가 왔습니다. 제 지역구인 상계동의 고등학교를 둘러봤더니 학생 숫자가 절반 가까이 줄었어요. 그것은 상계동만의 현상이 아니거든요. 수능에 응시하는 학생의 숫자를 보면 청소년 인구 감소를 금방 알 수 있습니다.

그래서 저는 고등학교 전 학년을 수용할 수 있는 기숙사 학교를 만들면 어떨까, 생각해 보았습니다. 실제로 제가 고등학교 때 기숙사 생활을 했는데, 학생들이 기숙사에 있으면 사교육을 할 시간이 없고, 학생의 가정환경 때문에 발생할 수 있는 위화감도 거의 없어요. 인구가 현격히 줄고 있는 농촌 지역의 경우는 몇 개 학교를 통합해 기숙사 학교를 짓는 겁니다. 대도시도 마찬가지고요.

무상교육은
어디까지

—— 그럼, 고등학교까지 무상교육을 해야 한다고 생각하십니까?

이준석 학생들의 교육비나 식대를 국가나 개인 중 누가 지출하느냐, 그런 문제는 중요하다고 생각하지 않아요. 교육의 본질도 아니라고 봐요. 다만 현재 국제적인 추세가 12학년까지 공공성을 강화하는 방향으로 가고 있거든요. 우리도 그래야 한다고 생각해요. 다만 저는 교육의 질을 향상시키기 위해 깊게 고민할 필요가 있다고 봐요.

　　또 중요한 것은 무상교육이 아니라 고등학교까지 의무교육을 해야 한다고 생각해요. 의무교육은 국가가 강제할 수 있습니다. 의무교육이 되면 부모는 아이를 반드시 고등학교까지 보내야죠. 고등학교까지 의무교육을 받아야 향후 경쟁 시장에서 살아남을 수 있다고 봐요.

저는 의무교육을 하고, 과락도 만들어 교육의 질을 획기적으로 향상시킬 필요가 있다고 봐요. 지금은 중학교부터 수학을 포기한 친구들이 많아요. 그들은 고등학교 때까지 통으로 놉니다. 그런 현상을 최대한 막아야 한다고 봐요. 그러니까 저는 고등학교 교육을, 한 인간이 노동시장에서 생존하기 위한 최소한의 교육이라고 믿고 있어요.

── 흥미로운 생각입니다. 그런데 현재 수능 영어의 경우 등급제가 완화되었습니다. 국어나 수학의 경우는 1등급이 4퍼센트인데, 영어는 1등급이 4퍼센트가 아니에요. 사교육 방지책으로 영어 교육의 경우는 등급을 완화했죠. 실제로 이 정책 때문에 사교육 시장이 줄어든 것도 사실이고요. 이런 정책을 바람직하게 보지 않으시겠네요.

이준석 교육에서 중요한 것은 아이들에게 필요한 공부를 시키는 겁니다. 그런데 영어는 국제화 시대에서 매우 중요한 능력인데, 사교육을 잡겠다고 영어 교육을 축소할 여지가 있는 정책을 펼친다는 것은 문제라고 봐요.

대학 입시
체계를 위한 조언

—— 현재 대학 입시 체계에 대해서도 고민해 본 적 있습니까?

이준석 저는 국·공립대 입시는 지금 정시를 운용하는 방식으로 가져가야 한다고 생각합니다. 국·공립대는 철저하게 수능으로 줄 세우기를 해서 학생들을 뽑아야죠. 공정성 시비가 전혀 나오지 않도록 말이죠. 그리고 국·공립대는 등록금을 낮출 수 있는 데까지 낮춰 지방 학생들이 자기 지역의 대학에 갈 수 있도록 유도해야 한다고 생각합니다. 서울시립대 정도까지 말입니다. 현재 사립대에 주는 지원금도 국립 지방대 쪽으로 돌려 국립대의 공공성을 강화할 필요가 있다고 봐요. 이렇게 되면 국·공립대가 현재보다 훨씬 좋아질 겁니다. 그러면 자연스럽게 지방대학도 활성화될 수 있고요. 그것 때문에 지방도 어느 정도 좋아질 수도 있고요.

그리고 우리의 경우 수능을 일 년에 한 번 보는 방식인데, 이것은 좀 문제라고 봅니다. YS 시절에 수능을 일 년에 두 번 본 적이 있어요. 저는 학생들에게 기회를 두 번 이상 주는 것이 올바른 방식이라고 생각합니다. 시험 날 재수가 없어 혹은 실수로 시험을 잘못 보았다고 말하는 학생이 없도록 말입니다.

중요한 것은 사립대학에 학생 선발의 자율권을 주는 겁니다. 사립대학이 원하는 대로 학생을 선발할 수 있도록 국가가 아예 개입하면 안 된다고 봐요. 정부 지원 사업을 가져가는 것은 괜찮지만 재정 지원은 아예 없애는 겁니다. 이렇게 하면 사립대의 등록금이 올라가겠죠. 미국처럼 사립대는 높은 등록금을 내고, 주립대는 등록금이 거의 없게 만들면 됩니다. 이런 식으로 되면 등록금 때문에라도 사립대보다는 국립대에 학생들이 몰릴 것으로 생각합니다.

처음에는 좀 혼란이 있을 수도 있겠지만 시간이 지나면 이 제도가 정착될 거라고 봐요. 저는 이런 식으로 입시 제도를 구성하면 학생들이 좋은 대학에 가기 위해 재수, 삼수를 하는 사회적 비효율도 현저히 줄어들 것으로 봅니다. 실제로 미국은 좋은 대학에 가기 위해 재수를 하는 학생이 없어요. 재수하면 대학에 가기가 아주 힘들고요.

우리는 입시 제도로 공공성과 다양성에 대해 많이 이

야기합니다. 하지만 두 마리 토끼를 다 잡을 수는 없어요. 그
것은 쉽지 않습니다. 공공성은 국립대가 담당하고, 다양성은
사립대가 학교의 건학 이념에 따라 추구하는 겁니다. 그래야
공정한 경쟁이 된다고 봐요.

────── 국·공립대는 수능, 사립대는 입학사정관으로 뽑는단 말이
죠?

이준석 입학사정관 제도를 오랜 세월 해온 미국의 경우를 보면 대학
마다 체계가 만들어져 있어요. 대학 밖에서 보면 불공정해 보
이지만 자기들 나름대로 기준이 있어요. 우리나라 사립대도
자기 나름의 기준을 세워 필요한 인재를 뽑으라는 거죠. 그러
면 사립대는 자기들이 원하는 인재를 뽑기 위해 다양성을 가
진 전형을 할 겁니다. 그것에 대해 사회가 시비를 걸지 말라는
거예요. 대신에 정부 지원 없이 독자적으로 생존해야죠. 공정
성은 국·공립대에서 찾으란 거죠.

그러면 사립대 등록금이 올라가고, 사립대는 돈 많은
친구들이 가는 학교가 될 수도 있죠. 하지만 우리도 결국 미국
사립대처럼 가난하지만 성적이 좋은 학생을 유치하기 위해
저소득층 장학금 제도를 만들 겁니다. 우리나라가 사립대를
이런 식으로 운영하면 그렇게 될 수밖에 없어요. 사립대는 자
기 기준에 맞는 다양한 전형으로 학생들을 뽑고, 성적 좋은 학

생을 뽑기 위한 시스템도 만들 거예요.

—— 기여 혹은 기부 입학 제도 이런 차원에서 이해하면 되겠네요.

이준석 그것은 사립대가 기준을 가지고 결정하면 됩니다. 저는 돈과
입학을 맞교환하는 제도도 반대하지 않아요. 그 제도에 대한
결정권은 전적으로 사립대에 있는 거죠. 재정이 독립적이고,
다양성을 가진 선발권을 준 이상 정부가 간섭할 명분도 없잖
습니까.

환상을 깨야
교육이 산다

—— 이준석 최고위원께서는 '배움을 나누는 사람들'을 운영하면
서 청소년들을 많이 만났을 것으로 보입니다. 그리고 한국 교
육의 문제들을 나름대로 느꼈을 텐데, 한국 교육의 가장 큰 문
제가 무엇이라고 생각하십니까?

이준석 교육에 대한 환상을 깼으면 좋겠어요. 우리나라는 암기식 교
육을 하고 있고, 교육 선진국에 가면 굉장히 창의적인 교육을
하고 있을 거라는 생각을 종종 해요. 그게 착각입니다. 암기
는 대단히 중요해요. 암기는 좋은 공부이고, 공부하지 않고 교
육이 잘 되는 나라는 없어요. 미국은 정말로 책을 외울 정도로
많이 읽거든요. 거의 모든 과목이 그래요. 나중에 인용하려고
해도 우선 외우고 있어야 하잖아요. 외우지 않고 이해한다는

게 가능한 일이 아니에요. 그 문장이 암기 상태로 머릿속에 저장되어 있어야 이해가 가능합니다.

　놀면서 공부하자, 저는 그런 공부는 없다고 봐요. 제가 '배움을 나누는 사람들'을 하면서 아이들을 많이 상대했는데, 당시 크게 느낀 점이 뭔지 아세요? 원리를 공부하는 것보다 더 중요한 것은 문제를 풀어 보는 거였어요. 문제를 풀면서 익히는 것이 훨씬 효율적이었거든요. 문제 풀이는 오직 시간을 투여해 공부하는 것밖에 다른 방법이 없습니다. 외국에서도 수학 공부를 할 때 문제 풀이를 다 하거든요.

　저는 아이에게 약간 강제적인 방법을 동원해서라도 공부를 시켜야 한다는 생각입니다. 지금은 우리나라 학교에서 없어진 성취도 평가를 부활시켜야 한다고 생각해요. 그 시험을 보면 국어, 영어, 수학 등에서 기초학력 미달 학생이 나옵니다. 그런 학생들을 공부시킬 방법을 찾아야 해요. 그것을 하지 않고 의무교육을 이야기한다는 것은 난센스라고 봐요.

　조지 부시가 했던 교육정책 중에서 NCLB(No Child Left Behind)라는 게 있어요. '어떤 아이도 뒤에 남겨두지 않는다.'라는 뜻을 담고 있습니다. 퍽 낭만적인 표현인데 우리나라에서는 '낙오 방지법'으로 번역되었어요. 그 교육정책이 아주 성공적이었어요. 성취도 평가를 학교마다 보고, 금방 결과가 나오겠죠. 기초학력 미달 학생이 많이 나온 학교에 대해서는 선생을 교체하고, 지원금을 끊는 등의 강력한 조치를 취했어요.

학생이 아니라 학교를 채찍으로 때리는 겁니다. 그랬더니 학생들의 성적이 많이 오르게 되었거든요.

교육에서는 경쟁 체제를 도입해야 해요. 제가 자주 말하는 공정한 경쟁입니다. 현재 한국 교육은 경쟁 둔화가 심각한 수준이라고 봐요. 저는 학교교육에 바람직한 경쟁을 만들고, 성취도 평가 제도를 도입해 기초학력이 미달인 학생을 찾아내 그들에게 교육을 집중해야 한다고 봐요. 이렇게 되어야 의무교육이라 할 수 있죠.

—— 현재 고등학생들이 대학에 진학하는 방법은 정시와 수시로 나뉘어 있습니다. 지금 문제가 되는 것이 수시, 그중에서도 학생부 종합 전형입니다. 이준석 최고위원께서는 미국 대학에 수시 전형으로 입학했는데, 특별히 우리나라의 수시 제도에 대해 문제점이 있다고 보십니까?

이준석 먼저 아직 신뢰 사회가 구축되지 않아 생긴 일로 보는데요. 제가 미국 하버드 대학에 제출한 에세이는 한국에서 작성해서 보냈던 것입니다. 내용은 제가 과학고 다닐 때 학생회 부회장으로 있으면서 삼성에 연락해서 새 컴퓨터를 지원받았던 일에 대한 것이었어요. 그 일과 중국 지도자가 댐 공학도라는 사실에 착안해 공학도 역시 사회를 바꿀 수 있다는 내용을 썼어요. 당시 하버드 대학 입학사정관이 그것을 보고 다른 학생들에 비해 상대적으로 영어가 부족한 저를 뽑은 겁니다. 하버드 대학에서는 제가 공부하는 데 큰 지장이 없을 것으로 판단한 거예요. 나중에 제 에세이를 채점해 놓은 것을 볼 기회가 있었는데요. 에세이가 하버드 대학 입학하는 데 결정적이었다는 것을 그때 알았어요.

하버드 대학 다닐 때 저보다 학업 성적이 많이 떨어지는 팔레스타인 친구가 있었어요. 저런 친구를 하버드 대학에서 왜 뽑았을까? 그런 생각이 들 정도였어요. 그 친구를 뽑은 것은 그가 하버드 대학에서 공부하고 조국으로 돌아가 지도자가 될 것으로 믿었기 때문인 것 같아요. 그 친구는 학년이 올라갈수록 학업도 일취월장했습니다. 어떤 분야에서는 두각을 나타냈고요. 괄목상대라는 말을 실감했습니다. 하버드 대학 입학사정관들의 판단이 옳았던 거죠.

미국 대학은 우리와 다르게 대학이 다양한 기준으로 학생을 선발하고, 그 책임도 학교가 지는 구조입니다. 제가 앞에서 말한 식으로 입시 제도를 개편하고, 사립대가 학생 선발의 자율권을 가진다면 우리나라 대학도 미국처럼 될 거라고 믿어요.

창의성을 어떻게
가르칠 것인가?

——— 이준석 최고위원께서는 청소년들을 가르쳐 본 적도 있고, 본
인이 과학도 출신이라 창의성에 대해 깊은 고민을 해보았을
것 같습니다. 현재 우리나라 교육이 학생들의 창의성을 담보
한다고 보십니까? 혹은 창의성을 위해 교육 방법을 어떻게 바
꿔야 할까요?

이준석 저는 기본적으로 창의성 교육이 현재의 우리 교육이 소화할
수 있는 영역이라고 생각하진 않아요. 다만 우리 교육은 창의
성을 가질 수 있는 기본 교육을 담당하고 있다고 봐요. 무슨
말이냐 하면, 창의성은 어느 날 불쑥 솟아나는 것이 아니란 말
이죠. 기본적으로 암기에 해당하는 주입식 교육을 받아야 창
의성이 가능하거든요. 그런데 주입식 교육을 하는 우리 학교

가 창의성 교육의 장이 될 수 있을지에 대해서는 회의적이란 뜻입니다.

창의성이란 뭔가에 대해 한번 정의해 볼 필요가 있어요. 전혀 호환되지 않는 단어 같지만, 의구심·도전 의식·비주류·정해진 해답에 대한 거부, 결국 창의성은 이런 저항 정신에 가까운 것이란 말이죠. 창의적 사고라는 것은 그 사람이 사회를 바라보는 관점이자 태도입니다. 그래서 저는 창의성은 시민교육의 영역이라 학교교육이 감당하기에는 무리라고 생각하는 겁니다.

—— 이제는 학교 밖에 있는 청소년들에 대해 한번 이야기해 보지요. 학교 밖으로 나간 아이들(자퇴생)은 대안학교로 갑니다. 그런데 대안학교의 경우 교육을 주로 학부형들이 책임지고 있어요. 공교육비는 1년간 학생 1인당 천만 원이 넘습니다. 이에 서울시교육청이 2018년 10월 17일 '학교 밖 청소년 교육 지원 정책 방안'으로 교육 기본수당 20만 원을 지급한다는 계획을 발표했습니다. 이것에 대해 어떻게 생각하십니까?

이준석 비인가 대안학교의 경우는 교육부에서 지원해야 할 대상이 아니에요. 굳이 지원하려면 여성가족부에서 해야 한다고 보고요. 비인가 대안학교의 경우는 학교 밖으로 나와 선택 교육을 받는 것이라고 봐야죠. 그런 교육을 교육부가 지원하는 것은 곤란하다고 생각합니다. 그래서 서울시교육청에서 말한 교육 기본수당은 바람직한 정책 결정이라고 생각하지 않아요. 다만 대안학교라고 해도 교육부로부터 인가를 받아 교육하는 경우라면 지원은 자연스럽게 될 수밖에 없어요. 저는 교육 프로그램을 정부가 관리해야 한다고 믿어요. 비인가 대안학교는 교육 내용을 독자적으로 결정해 운영하는 것으로 알고 있어요.

제4차 산업혁명 시대의
교육

—— 우리나라의 경우 모든 교육이 학교에만 맞춰져 있습니다. 사
실 학교에 대한 개념도 좀 달라져야 한다고 봅니다. 앞으로 4
차 산업혁명 시대에도 학교가 청소년들의 교육을 전적으로
견인할 수 있을까요?·

이준석 저는 지난 대선 과정에서 안철수 후보의 공약 중에 가장 마음
에 들었던 것이 교육제도를 변경해 교육과정을 1년 단축하자
는 내용이었어요. 지금 고등교육까지 12년을 받는데, 그것을
압축해 11년으로 줄여 학생들을 빨리 사회로 내보내자는 말
입니다. 사회에 대한 진입 시기를 당겨 배움의 공간을 사회로
옮기는 거죠. 다시 말해 초·중등교육을 축소하고 학생들을
사회로 내보내 직업을 찾든지 대학에 가서 공부하든지 시간

을 더 주자는 겁니다. 교육과정도 1년 줄이고, 입학도 1년 당기자는 의견도 있는데 한번 깊이 고려해 볼 만한 것입니다. 그렇게 되면 유치원 교육이 1년으로 줄겠죠. 결과적으로 학생들은 2년 빨리 사회로 나올 수 있습니다. 이미 4차산업 시대에 접어든 사회에 좀 더 시간을 갖고 적응하는 거죠. 마이스터 고등학교 경우는 현재 3년제입니다. 그런데 기술 교육은 학교에서 하는 것보다 산업 현장에서 하는 것이 훨씬 낫죠.

—— 4차 산업혁명이 바로 우리 앞에 와 있습니다. 앞으로 수년 뒤에 얼마나 많은 직업이 없어질지 누구도 모릅니다. 학교 혁명 같은 것이 일어나야 하지 않을까요?

이준석 이제는 굳이 문헌이나 원전 교육에 매달릴 필요가 있나 싶어요. 원전을 읽는 것은 지식을 넓게 얻으려는 것이라고 봐야죠. 또한, 도서관에서 자료 찾는 법을 더는 가르치지 않아도 될 것같아요. 그것보다는 구글 검색을 잘하는 방법을 가르쳐야 한다고 봐요. 구글 검색은 단순히 검색어만 치는 것이 아니거든요. 구글 검색 방법을 깊이 공부하고 컴퓨터를 다루면 무궁한 검색의 세계가 펼쳐지거든요. 저는 전산 전공이라 새로운 구글 검색에 익숙한 편인데, 무궁무진한 세상을 경험할 수 있습니다.

우리의 사고 체계가 링크를 누르는 것으로 바뀌었다

는 겁니다. 책의 목차에서 페이지를 찾아 넘기는 것이 아니라 링크로 타고 넘어 다니는 겁니다. 원전이나 문헌의 의미가 축소될 수밖에 없는 일이죠. 이런 시대에 필요한 능력은 빨리 검색하고, 조합하고, 그 내용을 자기화하는 것입니다.

—— 우리는 4차 산업혁명 시대를 어떻게 준비해야 할까요?

이준석 자신이 일자리를 찾는 사람이라면 기계로 대체할 수 없는 영역에 종사해야 하겠죠. 그것을 위해 자기 전문성을 키워야 합니다. 하지만 4차 산업혁명 시대에 인간이 살아남기는 쉽지 않을 겁니다. 가령 자율주행차가 나오면 택시 운전기사는 저항할 테지만 시민들은 싼 택시비 때문에 찬성할 수밖에 없을 겁니다. 진료하고 수술할 수 있는 인공지능이 나오면 의사가 반발할 테지만 역시 시민들은 비용 때문에 찬성하겠죠.

결국은 각 직업군은 각개 격파될 수밖에 없을 것입니다. 그래서 사회 전체로 보자면 심각한 상황이 도래할 수도 있어요. 그런데 휴머노이드나 AI가 사회 전반에 걸쳐 등장하면 전 계층에서 저항이 있을 것으로 보여요. 결국에는 AI나 휴머노이드가 창출한 부를 어떻게 분배할 것인가에 관한 국민적인 논의가 있어야 할 겁니다. 기본소득으로 할 것인가? 사람 수로 나눌 것인가? 구글의 경우는 기계를 만든 사람이 가져가야 한다고 하겠죠.

이준석 저는 논리학이라고 봅니다. 우리나라 정치도 치열하게 논리적 대결을 하는 것이 아니라 진영 논리로 가지 않습니까. 4차 산업혁명 시대에는 기계 때문에 일을 빼앗기는 사람들과 기계를 이용해 돈을 버는 사람 사이에 치열한 갈등이 있을 것인데, 그 갈등을 해결할 수 있는 것은 논리밖에 없을 것이라고 보는 거지요. 4차 산업혁명 시대에는 백과사전적 지식은 가치를 많이 잃을 겁니다. 그것은 컴퓨터가 감당할 테니까요. 그래서 학교교육에서 논리 교육이 더 중요해질 수밖에 없다고 봐요. 그것이 4차 산업혁명 시대를 살아가는 무기가 될 수도 있고요.

그런데 여기서 제가 말하는 논리라는 것은 정량적인, 이성적인 논리만을 말하는 것이 아니에요. 비이성적인, 계량화가 불가능한 가치들을 포함한 겁니다. 4차 산업혁명 시대의 창의성은 바로 비이성적인 논리라고 할 수 있거든요. 이세돌 9단이 알파고를 이긴 신의 한 수, 그 힘도 논리를 이길 수 있는 비논리에서 나왔다고 봐요.

|Q&A
미니 인터뷰

21세기 매력적인 한국 여성의 모습은
자기 자존감이 높고 문제 해결 의식이 있는 사람

지금까지 인상 깊게 본 한국 영화 세 편
〈국제시장〉, 〈쉬리〉, 〈7번방의 선물〉

가장 아름다운 사람은 어떤 사람
자신감이 넘치고 목표의식이 뚜렷한 사람

노래방에 간다면 부르고 싶은 딱 한 곡
디즈니 OST 일체

동네 야구, 동네 축구에서 했던 포지션
야구는 할 공간이 없었고, 축구는 되는 대로 다 뛰어다님

애인에게 불러주고 싶은 노래
〈알라딘〉 OST

모든 판단과 선택의 기준
많은 일에 대해서 사전에 미리 고민하기 때문에
정작 일이 닥쳤을 때는 고민하지 않는다.

한국에서 꼭 없어져야 할 법(세 개 이상도 좋음)

배인저, 긴영란법, 특별소비세법

다시 태어나면 어떤 직업을 갖고 싶은지?

순수 컴퓨터 프로그래머로 살아보고 싶다.

청년들에게 주고 싶은 선물

래디컬 페미니즘에 시달리지 않는 세상을 선물하겠다.

VI. 보수의 미래

왜
공정한 경쟁인가

—— 이준석 최고위원께서는 과학고와 하버드 대를 다녀서 그런지 경쟁이 몸에 체화되었다는 느낌입니다.(웃음) 그런 의식은 기본적으로 중·고등학교 때 길러지는데, 학교생활이 궁금합니다. 공정한 경쟁에 대한 단초도 그 시절에 익힌 것이 아닐까요?

이준석 저는 노원구 상계동에서 온곡초등학교를 다녔는데, 아버지 직장이 여의도로 옮겨 가는 바람에 목동으로 이사 가서 월촌중학교를 다녔어요. 그때 한 학년이 17반까지 있었고, 친구들 대부분이 같은 아파트에 살았어요. 각 가정을 들여다보면 이런저런 차이가 있겠지만 적어도 겉으로 보기엔 비슷했어요. 회사 다니는 아버지가 많았고, 같은 학원에 다녔고, 똑같이 교육

열이 대단했죠. 서로 비슷한 환경이라 위화감 같은 것이 없었어요. 학교에서도 우리 아버지 잘났다고 자랑하는 사람도 없었죠. 친구끼리 보여줄 수 있는 것은 공부뿐이었어요. 오직 공부로 서열이 매겨졌지요.

그 때문에 무한 경쟁, 어찌 되었든 공정한 경쟁이 펼쳐졌습니다. 상계동에서 다녔던 초등학교와는 전혀 다른 정글의 법칙이 펼쳐진 거예요. 차이점이 있다면 정글처럼 힘이 센 자가 아니라 열심히 공부하는 자가 이기는 게임이었어요. 중학생에 불과한 아이들 700명이 등수를 두고 다투었어요. 좀 잔인한 측면도 있지만 저는 그 시절의 공부가 내 인생의 중요한 전환점이 되었다고 생각합니다. 지금 생각하면 완벽하게 공정한 경쟁이었고요. 줄 세우기 공부의 종결판이라고 해야 할까요? 제가 학교 공부가 다양성이나 창의성을 기르는 공부가 아니라고 하는 것은 중학교 교육 때문인지도 모르겠습니다. 이런 살벌한 경쟁 속에 무슨 창의성이 발현되겠습니까? 선생님이 내준 과제를 소화기도 힘들었는데요. 저는 창의성이 중학교 교육의 목표가 아니라고 생각합니다.

—— 당시 최고의 수재들이 모였다는 서울과학고에서도 비슷한 교육을 받았습니까? 당시 고등학교는 지금보다 더 살벌했을 것 같은데요. 요즘 고등학생들도 대학에 가기 위해 죽을힘을 다해 공부하지만요.

이준석 만일 제가 월촌중학교를 졸업하고, 목동에 있는 고등학교에 입학했다면 여전히 그런 경쟁 속에 살았겠죠. 저는 그런 교육을 부정적으로 보는 사람은 아닙니다. 다만 앞에서도 밝힌 것처럼 대학 입시를 획기적으로 개선해 지나치게 과도한 경쟁을 줄일 필요는 있다고 봅니다. 한국의 중·고등학교 교육은 대학 입시가 좌지우지하잖아요. 저는 한국 대학의 과도한 서열화가 경쟁을 지나치게 부추긴다고 생각합니다. 서열화가 어쩔 수 없는 측면이 있다고 해도 한국처럼 대학을 줄 세우는 것은 바람직하지 않다고 봐요. 미국에도 대학의 서열이 있지만 우리처럼 한 줄이 아니에요. 우리 식으로 표현하자면 서울대가 하나가 아니라 몇 개가 있는 셈이죠. 일본도 우리처럼 대학 서열이 분명한 것이 아니라고 들었습니다. 국립대학의 등록금이 저렴해 국립대에 대한 선호도가 높은 걸로 알고 있어요. 저는 중등교육의 목표는 상위권 학생의 관리가 아니라 학습 낙오자를 없애는 거라고 생각해요.

고등학교 시절을 한국의 제 또래 친구들과는 좀 다르게 보냈는데요. 죽을 경쟁을 뚫고 과학고에 갔더니 경쟁이 없어졌어요. 우수한 친구들이 한 학교에 다니는 바람에 경쟁의 의미가 없어진 것도 있지만 서울과학고 학생들은 사실상 카이스트에 입학이 예정되어 있어서 경쟁할 필요가 없었어요. 그래서 목동의 고등학교에 간 제 친구들이 중학교에서 했던 것과 같은 경쟁을 하고 있을 때, 저는 마음의 여유를 갖고 이것저것 공부할 기회가 있었습니다. 구성원 전부의 실력이 다같이 월등하면 그 집단에서는 경쟁이 무의미하게 되는 경우였죠.

제게 중학교가 공정한 경쟁이었다면 과학고 시절은 다양성을 추구해 볼 수 있는 시기였어요. 실제로 그때 학생회 활동도 열심히 해보았으니까요. 그러니까 저는 중학교와 고등학교 시절에 전혀 다른 학습 목표를 갖고 공부한 학생이었어요. 저는 공정한 경쟁과 다양성의 가치를 중·고등학교 시절에 어느 정도 몸으로 터득한 거지요.

페이스북에서 배우는
다양한 취향의 사회

—— 이준석 최고위원께서는 초중고의 경험 때문에 교육에 대한 나름의 견해를 가지게 되었군요. 하버드 대 시절의 이야기도 해주시고, 그곳의 교육이 자신의 삶과 철학에 어떤 영향을 주었는지도 들려주세요.

이준석 저뿐만 아니라 한국에서 학교를 다녔던 사람들이라면 자신의 교육철학이나 대학 입시안 같은 것이 있을 것으로 생각됩니다. 그만큼 한국 교육이 문제가 많다는 뜻입니다. 저는 하버드 대학 시절 역시 과학고 시절과 비슷한 상황이었어요. 제가 과학고에서 다양성 교육을 받았지만, 하버드에서는 다양성 교육의 힘을 눈으로 보았습니다. 저는 한국에서 학교 다닐 때 장애인을 접촉한 경험이 많지 않았는데, 하버드 대학에서는 한국인 장애인 형을 만나 장애인에 대한 편견을 완전히 깰 기회를 얻었어요. 저는 이런 경험이 매우 중요하다고 생각합니다.

그리고 많이 알려진 이야기지만 인상적이었던 경험은 일곱 명의 '페이스북' 창업자들을 만난 것입니다. 왜 제가 이 이야기를 또 하느냐 하면 페이스북의 탄생은 다양성의 승리 같은 예술 작품이기 때문이에요. 컴퓨터를 다루는 단순 코딩 실력은 서울과학고 출신들이 하버드 대 친구들에 비해 월등해요. 한 20배 정도 생산성이 뛰어날 겁니다. 하지만 그게 전부가 아니에요. 제가 한국에서 카이스트를 잠시 다녔어요. 그곳 기숙사의 각층마다 TV가 한 대씩 있었는데 채널 때문에 싸우는 일이 없었어요. 그러니까 취향이 똑같았다는 겁니다. 이게 한국 학생들의 단점인데, 저는 이런 획일성이 아주 문제라고 봐요.

하버드 대 기숙사 방에도 TV가 한 대씩 있었는데 방마다 채널이 달랐어요. 이런 다양한 취향을 가진 사람들이 모여 만든 것이 페이스북이에요. 전공도 역사학, 심리학, 디자인 등 다양한데 겉으로는 이들이 섞여 무슨 일을 할까 싶겠지만 그들이 의기투합하여 전혀 새로운 세계를 만들어 내는 거죠. 그들이 처음 만든 페이스북은 한국에서 유행했던 '싸이월드'보다 훨씬 조악한 시스템이었어요. 오합지졸이 만든 것이니 그럴 수도 있죠. 하지만 그들은 페이스북을 키워 나가더라고요.

—— 재미난 이야기군요. 우리의 싸이월드는 페이스북 같은 국제적인 플랫폼이 되지 못했습니다. 그렇게 다양성을 바탕에 두고, 다양성을 뛰어넘는 창의성은 어디서 온 것일까요?

이준석 하버드는 인재를 선발할 때도 다양성이 중요한 기준이고, 대학의 교육도 한국과 달리 권위주의가 없어요. 미국의 경우 대학에서 권위주의는 전혀 찾아볼 수 없습니다. 수업 태도도 한국으로 치자면 오만방자합니다. 가령 수업 시간에 음식을 먹기도 하고 다리를 책상에 올려놓기도 해요. 철학과의 경우는 교수랑 싸우자고 달려드는 친구도 있고요. 물론 논리 싸움이죠. 하버드 대학의 세계적인 석학도 폼잡고 수업하는 분위기가 아니죠. 학생들이 우리처럼 말랑말랑하지 않아요. 이들은 어릴 때부터 자유의 가치를 배웠고, 권위에 대한 경계가 없다 보니 기존 질서를 넘는 창의성이 나타나는 것입니다.

그리고 하버드는 암기식 기초 교육을 통해 대학 교육을 받을 수 있는 자질이 충분한 친구들이 들어오는 대학입니다. 기초 교육이 엉망인 친구들은 입시 전형을 통과할 수 없어요. 다만 우리처럼 1점, 2점으로 당락을 가르지 않죠. 하버드 친구들을 보면 획일화된 기초 교육과 다양성 교육이 모순된 것이 아닙니다.

다시 이야기하겠지만 하버드 대학의 다양성과 창의성은 제가 미국의 정신이라고 보는 자유와 깊은 관련이 있다고 생각합니다. 그리고 미국의 자유는 미국 대학의 문제가 아니라 미국 사회 그리고 그 사회를 지배하고 있는 시대정신과 깊은 관련이 있다고 봅니다.

보수에 대한
새로운 시각

—— 보통 대학 시절에 자신의 정치적인 성향이 결정된다고 합니다. 한국은 젊은 친구들이 집회나 시위에 참여하면서 자기의 정치적 성향을 형성하죠. 이준석 최고위원께서 합리적인 보수를 선택하게 된 계기가 있었나요?

이준석 하버드에서 비교정치학을 공부할 때, 좀 충격적인 강의를 들었습니다. 그 강의 덕분에 박정희 전 대통령이 보수라는 생각에서 탈피하게 되었어요. 보수라면 박정희 같아야 한다고 말하는데, 박정희 정권은 현재 보수의 주류적 사상으로 자리 잡아 가는 자유주의적인 보수와는 별 관계가 없는 사람이라는 거예요. 박정희 정권은 사회 모든 분야를 관의 주도로 진행했습니다. 국가주의적 발전 프로그램이었죠.

우리 사회에서 젊은 친구들은 진보가 되어야 한다는 생각은 보수가 독재를 했기 때문입니다. 보수는 독재라는 프레임이 자리 잡게 되었죠. 전체주의적인 성격이 보수의 가치처럼 되어 버렸습니다. 실제로 보수는 그런 것이 아닌데요. 반공이라는 특수한 상황에서 탄생한 완전히 독특한 보수인 셈이죠. 이런 왜곡된 보수 때문에 일부 사람들이 저에게 젊은 사람이 어떻게 독재의 후예와 한 편이 되냐? 이런 말들을 한 것 같아요.

저는 그 강의를 들으면서 진보와 보수에 대한 생각이 많이 달라졌습니다. 그리고 무엇보다도 한국의 보수는 진짜 보수가 아닙니다. 정치를 시작하면서 내가 합리적인 보수, 제대로 된 보수를 한번 해보겠다. 그런 생각을 했습니다. 미국에서 대학 생활을 하면서 제 몸에 자리 잡은 더 큰 가치는 진영의 논리가 아니라 효율성, 공정성 이런 것들입니다. 정확히 말하면 합리주의입니다. 제가 미국에서 공부하지 않았다면 저 역시 우리 사회의 이념 프레임에서 자유롭지 못했겠죠. 제가 젊은 사람인데도 박근혜 전 대통령의 제의를 쉽게 받아들일 수 있었던 것은 제 머릿속에는 한국의 젊은이들과는 다른 기준들이 있었기 때문입니다.

—— 한국에서 대학 교육을 받은 또래 친구들과는 많이 다르시네요. 사실 다를 수밖에 없어요. 한국이란 사회가 그들의 사고

체계를 형성하는 데 엄청난 영향을 주었을 것이고, 이준석 최고위원은 같은 나이에 미국에 있었으니까요. 실제로 이 최고위원께서 펼친 사회 전반에 대한 논리를 보면 미국의 영향을 많이 받은 것 같아요. 그래서 미국의 많은 얼굴 중에서 이준석 최고위원의 철학에 영향을 준 미국이 궁금합니다.

이준석 위대한 미국, 이런 것은 아주 오래된 구호입니다. 미국인들은 자신들의 나라를 위대하다고 생각합니다. 지난번 선거 과정에서 트럼프가 새삼스러울 것도 없는 이 말을 선거 구호로 들고나왔습니다. 그것이 미국인들의 가슴을 뜨겁게 했고, 트럼프는 사람들의 예상을 깨고 대통령이 되었습니다. 그러니까 위대한 미국은 오래된 구호가 아니라 현재형의 구호인 것입니다. 미국의 이런 자신감은 어디서 나온 것일까요? 그것은 힘입니다. 미국은 세계 경찰의 역할을 하고 자신들에게 별로 실익이 없는 전쟁에 끼어들기도 합니다. 우리 식으로 표현하면 오지랖이 넓은 것이고, 그 때문에 지탄의 대상이 되기도 합니다. 베트남전 같은 경우는 하지 말았어야 할 전쟁입니다. 상처뿐인 영광이란 말이 있는데, 베트남전의 경우는 상처만 남은 참패였습니다.

　　미국의 자존심은 중국의 중화주의보다 훨씬 강합니다. 현재 중국과 미국의 충돌은 서로 제일이라고 자랑하는 두 힘이 부딪치니까 어려운 겁니다. 저는 미국의 능력, 힘을 본 것이죠. 어떻게 보면 저는 결국 힘과 능력이 있는 자가 세상을 지배하고 번영하는 현장을 본 것이 아닌가 싶어요.

───── 이준석 최고위원의 실력주의 철학도 미국에서 보았던 힘의 지배와 관련 있는 것입니까?

이준석 저는 기본적으로 실력 혹은 능력이 있는 소수가 세상을 바꾼 다고 봐요. 그런 측면에서 저를 '엘리트주의'라고 비난한다고 해도 기꺼이 감수하겠습니다. 우리가 엘리트주의를 욕하기 전에 지금 평범한 사람들이 누리는 정치적 자유와 경제적 풍요를 가져다준 사람이 누구인지 생각해 봐야 합니다. 제가 앞에서 힘주어 말한 과학기술의 발전도 따지고 보면 탁월한 엘리트 과학자와 명석한 공학도의 부단한 노력의 결과입니다. 아인슈타인이 없는 현대 물리학을 한번 생각해 보세요. 죽은 스티브 잡스 없는 세상을 한번 생각해 보세요. 물론 그가 없었다고 해도 누군가가 아이폰을 만들었겠죠. 하지만 그 역시 탁월한 엘리트였을 것입니다.

　　그의 사상을 떠나서 박정희 전 대통령 없는 대한민국을 생각해 보세요. 오늘날 한국 경제가 이렇게라도 일어날 수 있는 기틀을 만든 사람은 박정희 전 대통령입니다. 만일 그가 국가 발전에 대한 확신이 없었다면 한국은 아직도 빈곤 속에서 헤어나지 못했을 수도 있습니다. 저는 자연인 박정희 혼자서 한 국가를 부흥시켰다고 말하는 것이 아닙니다. 박정희 전 대통령은 당시 한국이 직면한 현실을 직시하고, 경제 부흥의 엔진이 되어 밀어붙인 것입니다. 앞에서 말한 것처럼 그에게 중요한 것은 사상이 아니라 민족중흥이라는 가치였을 겁니다. 김대중, 김영삼 전 대통령도 마찬가지라고 생각합니다. 그들 역시 빨갱이라는 욕을 들어 가면서까지 민주화 운동에 자신의 전부를 바쳐 오늘 대한민국의 민주주의를 이만큼 발전시킨 것이 아닙니까? 김대중과 김영삼이 없는 한국 민주주의를 생각할 수 있습니까? 노무현 전 대통령 역시 김영삼 전 대통령이 발탁했고, 김대중 전 대통령이 정치적으로 후원해 주지 않았습니까?

저는 엘리트가 세상을 바꾸고, 그것이 사람들의 삶을 행복하게 만든다고 믿습니다. 그런 생각을 한국의 현대사만이 아니라 세계사가 어느 정도 증명한다고 생각합니다. 공산주의를 인민의 나라, 민중이 주인인 세상이라고 말하지만 실제로 중국을 이끈 사람은 엘리트입니다. 중국 공산당 내 상황 판단을 잘하는 명석한 엘리트가 있었기 때문에 구소련 꼴이 나지 않고 미국과 경쟁하는 것입니다. 구소련이 중국과 같은 공산주의 국가인데도 다른 운명으로 간 것은 자기 체제를 수호하겠다는 엘리트들은 있었을 테지만 상황을 판단하고 소비에트를 지킬 탁월한 인재가 없었기 때문이라고 봐야 합니다. 저는 인간의 능력을 믿는 사람이고, 그것이 세상의 질서를 만든다고 생각합니다. 그런데 미국에서 그런 현실을 구체적으로 정확히 확인한 셈이죠.

미국에서 배우는
경쟁의 의미

────── 이준석 최고위원께서 생각하시는 공정한 경쟁을 이해하려면
미국 사회에서의 경쟁의 의미를 알아야 할 것 같습니다.

이준석 미국은 대외적으로 자신이 세계의 중심이라는 생각으로 힘의
정치를 펼칩니다. 트럼프는 그런 극단을 보여주는 인물입니
다. 그의 행동을 보면 자기 마음대로입니다. 오직 강한 자가
질서라는 생각이 들죠. 트럼프가 보수당인 공화당이기 때문
에 그런 것이 아니라 원래 미국은 그런 나라입니다. 민주당도
미국의 이익 앞에서는 비슷합니다. 다만 장사꾼 출신인 트럼
프처럼 막말하거나 대놓고 눈앞의 이익을 챙기려 하지 않을
뿐이죠. 점잖은 오바마 시절에도 미국의 대외 정책은 크게 달
라지지 않았습니다. 민주당 출신 대통령 빌 클린턴 시절에는

자신들이 필요하다고 생각하니까 북한 영변의 핵 시설을 공격하려고 하지 않았습니까? 미국은 자기 이익 앞에는 민주당과 공화당이 따로 없습니다.

미국에서 제일 중요한 가치는 자유입니다. 이것을 이해하는 것이 매우 중요합니다. 모두가 자유로운 세상은 정글이죠. 또한 정글에는 나름의 법칙이 있습니다. 약육강식입니다. 강자가 다 먹는 세상이죠. 미국은 이런 정글의 법칙, 약육강식의 원리를 최소화하려는 노력을 별로 하지 않아요. 어떤 시험제도를 만들어도, 어떤 룰을 만들어도 말입니다. 그들은 최소한의 생활을 보장하는 것 이상의 격차는 불가피하다고 보는 것이죠. 교육이나 창업에서도 철저하게 자유의 원칙이 지켜집니다. 그것이 자연의 섭리라고 보는 것이죠.

미국에서 무슨 사업을 할 경우 규제가 존재하지 않으니까 자유롭게 할 수 있어요. 사회 분위기가 이렇다 보니 새로운 아이디로 사업을 시작해 큰 부자가 되는 사람이 있습니다. 빌 게이츠나 마크 저커버그 그 외에도 수없이 많습니다. IT가 왜 미국에서 그렇게 꽃피었을까요? 한국은 무슨 사업을 하면 규제가 들어옵니다. 시행령으로 규제하고, 공무원은 현장에 나와 문제 삼고, 어떤 경우는 언론을 통해 규제합니다. 심지어 장관이 나서는 경우도 있지 않습니까? 비트코인 사태 당시 우리가 그런 것들을 목도했습니다. 미국은 그런 것이 없습니다. 분쟁이 생기면, 그 분쟁을 해결하는 방식은 법입니다.

이준석 지금 현 정권의 믿음에 대해 말하기보다는 평등의 가치 일반에 대해 말하겠습니다. 결과의 평등을 누가 보증하겠는가? 저는 결과의 평등에 지속 가능한 모델로 나오기가 쉽지 않다고 봐요. 경제적 평등의 가치가 국가 이념이었던 공산주의가 실패했단 말이에요. 한국의 경우는 사회적으로 기계적인 평등을 맞추려는 노력들이 공격당하고 있는 것이 현실입니다. 최근의 정치적 올바름, 정치적 소수를 지나치게 생각해서 다수가 희생하는 것이 정당한가, 라는 의문이 지속적으로 나오고 있습니다. 저는 평등의 상태를 정의하기도 쉽지 않다고 생각합니다. 임금이 같은 정규직과 비정규직이 과연 평등한가? 어떤 것을 평등의 상태로 볼 것인가? 이런 문제가 있습니다. 왜 공산주의가 몰락했겠습니까? 인간이 평등하게 사는 것이 자연법칙이라면 공산주의 체제가 비록 정치적으로 모순이 있었다고 해도 한순간에 그렇게 쉽게 무너지지는 않았을 것입니다.

한국은 진보 정권이 출현한 뒤로 평등의 가치가 크게 자리 잡고 있습니다. 그러니까 공정한 경쟁의 기준선이 다릅니다. 평등의 가치를 중요하게 생각하니, 약자에게 이런저런 구실을 만들어 정치적으로 경제적인 보증을 해주려는 것입니다. 그들이 진짜로 정치적 약자인지 꼼꼼하게 따져야 하는데, 그런 문제에 대한 진지한 고민이 없습니다. 또 할당제나 그와 유사한 제도를 도입해 오랫동안 시행한 분야의 결과를 제시해야 할 때가 되었습니다. 제가 몸담은 정치 분야도 그중 하나입니다. 약자에 대한 정치적, 경제적 보증을 공정한 경쟁이라고 하지만 실은 그것이 심각한 불공정을 만들어 낼 수 있다는 것을 잊으면 안 됩니다.

우리가 추구해야 할 가치는 자유라고 봐요. 공정은 그 위에서 하는 달리기 게임입니다. 저는 자유의 가치가 사회적으로 경제적으로 활력을 불어넣을 수 있는 동력이라고 생각합니다. 그런데 자유의 가치 때문에 생길 수 있는 낙오자는 어떻게 할 것인가? 우리는 그들을 위해 어떤 제도를 만들 것인지 고민하면 됩니다.

—— 한 사회 내에 어떤 문화는 우연히 자리 잡지 않습니다. 미국 사회에서 자유가 중요한 가치로 자리 잡은 것은 미국이 19세기부터 세계 최고 수준의 경제를 가진 국가였기 때문일 것입니다. 자유의 가치는 미국 외의 나라에서는 그렇게 강력하게 힘을 발휘하지 못한 것 같습니다. 이것은 현재 한국의 상황과 대조되는데요. 그런 가치가 우리 실정에 적합하다고 보시는지요?

이준석 한 나라의 이념적인 지향이 경제정책이나 국민의 삶을 결정합니다. 그것은 우리가 문재인 정권을 통해 깊이 느끼고 있지 않습니까? 그런데 미국의 경우를 보면 미국이 최강대국이라고 해서 적자에 시달리지 않는 것은 아니에요. 그런 상황에서도 사회 안전망을 구축하는 노력보다는 공세적으로 지율성을 더 강화하는 쪽으로 갔단 말입니다. 레이거노믹스(Reaganomics)가 그런 정책이죠.

같은 시기에 영국에서도 대처리즘(Thatcherism)이 있었습니다. 결국, 평등의 가치보다 자유의 가치를 선택했다고 봅니다. 그것을 통해 경제적인 고착 상태를 풀어 놓았다는 말이에요. 미국은 기업이 투자할 수 있도록 정부 차원의 배려가 있었어요. 규제 완화, 세금 감면, 파업 억제 정책 등 경제 호황을 주도할 만큼 강한 기업 우선 정책을 밀어붙인 것입니다. 결국, 기업의 필요로 고용 상황이 나아진 것이죠. 평등의 가치를 다른 방식으로 실현한 거죠.

미국은 기본적으로 사회 안전망이 아주 부실한 나라입니다. "일자리가 복지다." 이런 말을 보수정당인 공화당만 하는 것이 아니라 민주당도 해요. 정치권에서 복지를 통해 평등의 가치를 구현해 보려는 생각이 없는 것이죠. 우리가 당연히 받아들이는 보험 의무 강제 가입 규정이 미국에는 없었어요. 건강보험을 국가가 관리하지 않는단 말이에요. 개인의 건강은 국가가 간여할 문제가 아니라는 뜻이죠. 필요하면 개인이 임의로 가입해라, 그것이 자유라는 논리였죠. 오바마 케어도 얼마나 말들이 많아요. 그들은 국가가 할 일이 아닌 것을 국가가 하니까 반발하는 것입니다. 미국인들은 기본적으로 사회 안전망도 선택의 영역으로 생각하고 있어요.

사실 지금 우리나라의 건강보험은 개인이 부담하는 아주 비싼 사회보험이죠. 고소득층의 경우는 한 달에 60~80만 원씩 내고 있거든요. 하지만 사람들이 반발하지 않는 이유는 그것을 당연하게 생각하기 때문이에요.

우리나라가 미국의 제도를 다 받아들일 필요는 없습니다. 건강보험 같은 경우는 박정희 정권이 단독으로 결정한 것이지만 이미 충분한 사회적인 합의가 이루어져 공적 보조로 잘 진행되고 있는 것이지요. 하지만 저는 한국이 경제적으로 다시 도약해 선진국으로 가야 한다고 생각하기 때문에 미국식 자유의 가치를 사회 전반에 받아들이는 것을 심각하게 고민해 봐야 한다고 생각합니다.

—— 한국의 고용 정책도 미국에 비해 지나치게 견고하다고 생각하십니까?

이준석 선한 목적으로 정책을 실행한다고 해서 그것이 꼭 좋은 결과를 만들진 않아요. 좋은 제도와 그렇지 않은 제도도 대단히 상대적인 개념입니다. 한국은 다른 나라에 비해 정리해고 수준이 상대적으로 낮아졌기 때문에 좋은 상태라고 구분하는 것은 위험하다고 봐요. 한국의 고용 안정성은 우리나라가 고도성장을 하면서 호황을 누릴 때 만들어진 제도입니다. 경제가 고도성장을 했고, 기업의 성장도 워낙 빨랐기 때문에 기업 입장에서 보면 안정적인 인력이 수급되어야 했어요. 기업이 앞장서서 만들어 놓은 제도였던 겁니다. 노동 인력이 빠져나가는 것을 막기 위해 정규직에게 더 많은 몫을 나눠 주고 대우해 준 셈이죠.

제가 좋아하지 않는 지표가 OECD 통계인데, 그 통계를 보면 국제적으로 봤을 때 정리해고 비용, 고지 비용이나 해고 비용 등이 가장 낮은 나라가 미국입니다. 사실 미국은 정규직 개념 자체가 없어요. 우리나라는 정리해고 비용이 높아요. 기업이 근로자를 해고하는 데 드는 비용이 크다는 것입니다.

한국은 근로자의 정리해고를 막기 위해서 다른 나라에 비해 많은 법적 장치를 해둔 것입니다. 처음 목표는 정규직과 비정규직의 고용 안정성 격차를 줄이자는 것이었습니다. 아니면 애초에 다 같이 상승시키자는 목표가 있었다면 결과는 반대로 정규직의 단단함을 더 단단하게 만들어 버린 거예요. 저는 이런 상황이라면 성장의 불씨가 다시 살아날 수 있을지 의문입니다. 기업이 일어나고 새로운 산업, 성장 동력이 살아날 수 있는 방법을 고민해야 한다고 봅니다. 우리 국민도 문재인 정부도 성장 담론을 버린 것이 아니란 말입니다. 오죽했으면 소득 주도 성장이라는 모순 형용적인 단어를 만들어 냈을까요?

새로운 산업,
새로운 방향성

—— 한국에서 기업이 일어나고, 새로운 산업이 생기려면 방향성 같은 것이 있어야 할 것 같아요.

이준석 저는 최저임금은 임금구조의 왜곡을 가져온다고 봐요. 기본적으로 임금은 시장이 결정해야 한다고 생각합니다. 그리고 한국의 노동자 중에서 노동 가치가 실제로 아주 작은 가치에 수렴하는 사람들이 있죠. 오래전에 영국 탄광에서 석탄 수레를 끄는 아이들에게 지급됐던 임금이 성인의 10분의 1이었다고 합니다. 요즘 세상이라면 도무지 상상도 할 수 없는 일이죠. 아이에게 탄광 수레를 끌게 했다는 점도 그렇지만, 임금을 10분의 1만 주었단 사실이 말입니다. 아무튼 이런 사실이 임금 수준에 대한 논의를 촉발시켰다고 해요.

그런데 놀랍게도 현재 한국에도 비슷한 상황이 있어요. 가령 수레를 끌고 다니면서 폐지를 줍는 노인들이 있어요. 하루에 5천 원씩 벌면서 말이죠. 이런 사람들이나, 꼭 장애인이 아니라 해도 극도로 노동 효율성이 떨어지는 사람들이 있습니다. 저는 차라리 그들이 일하지 말아야 한다고 봐요. 왜냐하면 이런 노동은 사회적으로 볼 때 착취 수준이거든요. 그래서 그들의 노동임금은 국가가 보전해 주어야 한다고 보는 거죠. 사실 한국은 일부에서 일어나는 착취 구조 때문에 발달해야 할 산업이 발달하지 않는다고 봐요. 폐지 줍는 노인들이 없어지면 폐지 수거를 산업적으로 접근해 볼 수 있겠죠. 우리나라의 경우 택배 배송이 건당 평균 3천 원이라고 한다면 과연 드론을 이용한 배송 산업이 발전할 것으로 보이지 않는다는 거예요.

저는 한국이 다시 성장하기 위해 모멘텀이 새로운 산업이 일어나야 한다고 봐요. 규제는 풀 수 있는 한 최대로 푼다, 전부 푼다는 마음으로 접근해야 할 것이고, 당연히 규제 시행령도 없어져야 합니다. 앞에서 말했던 것처럼 KBS가 가지고 있는 영상물을 무료로 풀어야죠. 개방 경제로 가야 합니다.

미국이 구소련과의 체제 경쟁에서 이길 수 있었던 것은 정보 공개와도 관련이 있어요. 다른 나라에서 생각하면 엄청난 세금을 들여 만든 정보를 왜 공개할까? 하는 의문이 들 수도 있습니다. 미국은 달 착륙 정보를 구소련과 달리 공개했 거든요. 그것을 통해 새로운 성장 동력을 만들었습니다.

GPS라고, 지금은 우리가 일상적으로 사용하는 시스템 을 생각해 보세요. 제가 스마트폰을 보고 가장 재미있었던 부 분이 내비게이션이 나오고 자신의 위치가 설정되는 것이었어 요. 범지구 위성항법시스템인 GPS는 처음에는 민간에 개방하 지 않았잖아요. 위성 몇십 개를 쏘아 올리고, 그것을 유지하는 비용이 엄청나거든요. 그런데 현재는 GPS를 민간에게도 공개 한단 말이죠. 그것 때문에 미국의 안보에 위협이 되는 상황도 발생하지 않았을뿐더러 되레 일자리가 얼마나 많이 생겨났 습니까? 다른 나라들도 GPS 때문에 일자리가 만들어졌어요. GPS가 없었다면 지금 스마트폰 시대가 왔을까요? GPS도 개 방 경제의 사례로 볼 수 있어요. 정부가 지금 정보를 개방하지 않는 것은 아니지만 더욱 적극적으로 개방 정책을 해야 한다 고 봐요.

하나 더 예를 들자면 은행에서 API(Application Programming Interface)를 열어주면 새로운 금융 상품을 만들 수도 있습니다. 그런데 은행은 열어주지 않아요. API가 뭔가 하면, 은행 전산센터에 서버가 있을 겁니다. 개발자가 내 전체 금융 상황을 한눈에 보기 위한 상품 앱을 만들었다고 할 때, 각 은행에 있는 내 통장을 가져와야 하잖아요. 은행이 API를 열어주면 앱을 통해 내 금융 상황을 한눈에 볼 수 있어요. 정부가 공공성이 있는 일을 하는 사람들에게 API를 열어주면 무수한 일자리가 만들어질 것입니다. 이런 게 개방 경제입니다. 또 반도체, 조선만 할 것이 아니라 싱가포르처럼 카지노나 향락 산업 등도 성장의 동력 산업으로 받아들일 각오를 해야 한다고 봐요. 저는 한국 경제가 성장하지 않고 멈춘 상태는 위험하다고 봅니다.

—— 개발독재로 한강의 기적을 이끈 박정희 전 대통령의 경우 무역 장벽으로 국가 주도적인 경제개발을 했어요. 보수주의자도 막상 필요할 때는 자유의 가치를 내동댕이쳤단 말이죠.

이준석 저는 반공도 보수가 아니라고 생각합니다. 그리고 박정희 전 대통령의 경제정책을 군이 분류하자면 국가가 모든 것을 손에 쥐고 한다는 측면에서 사회주의적 전체주의라고 봐요. 이를 한국적인 보수라고 볼 수 있을지는 몰라도 자유주의적인 보수로 볼 수는 없죠.

—— 법에 의한 규제가 자유의 침해인지 말씀해 주세요.

이준석 법이란 최소한의 도덕적 규범이라고 할 수 있습니다. 법이 최소화된 것은 맞죠. 도덕의 영역까지 법이 들어와 규제하기 시작하면 아주 피곤할 거라고 봐요. 오히려 분쟁이 많아지는 거죠. 지금 시끄러운 국회 선진화 법만 하더라도 도덕으로 해결할 문제를 법제화한 것입니다. 폭력방지법이란 것이 법 과잉이라고 보거든요. 도덕이 지배할 영역이 작아질수록 그 사회는 전체주의적인 사회로 갈 가능성이 높아진다고 볼 수 있습니다.

그러니까 도덕의 영역을 최대한 확장하려는 노력 하에 법의 확장도 논의되어야 한다고 봅니다. 도덕의 상위에 법을 자꾸 올려놓으려는 시도는 아주 위험하다고 할 수 있죠. 그게 어느 순간 엄벌을 넘어 범죄 예측까지 가게 되잖아요. 그럼, 미국 사회가 되는 거죠. 의심 가는 흑인이 있으면 무조건 총을 들어라. 무한 권력을 가진 자의 권력을 제한하기 위해 생긴 것이 법이잖아요. 그것이 법의 정신이고요. 법이 누구를 규제하라고 만든 것이 아니란 말이에요. 법이란 권력의 규제라는 측면이 있습니다. 위정자의 과도한 권력을 막기 위해 법이 확대되는 것은 모르겠으나 개인의 도덕을 지배하고 그 사람들을 죄인으로 만들기 위한 법의 확대는 곤란합니다. 저는 그렇게 생각해요.

보수 집권을 위한
공화정과 민주주의

—— 이준석 최고위원께서 생각하시는 공화정, 민주주의의 모습이
나 정치제도에 대해 말씀해 주십시오.

이준석 저는 엘리트주의가 될 수밖에 없을 것이라고 보는데요. 저는
앞으로 민주주의의 모습은 정치인이 선거 과정에서 본인의
민주주의 지향점을 선명하게 드러내고 정책에 관해 책임제를
해야 한다고 봐요. 일종의 책임 정책제입니다. 이 정책이 옳다
면 국민에게 재신임을 받을 것이고, 방향성이 잘못되었다면
국민에게 부정당할 것이라는 전제 하에 정치를 해야 하는 거
죠. 정치인의 정책이 실패했을 경우 더 냉혹하게 심판해야 합
니다. 자유주의는 타인에 대해서는 자유를 주지만 자신에 대
해선 엄격해야 하거든요. 이것이 공화주의자들의 고민이라고

봐요. 한국은 정치인들이 공화정에 대한 확신이 없다 보니 정권을 잡은 뒤에 이상한 전문가에게 휘둘려요.

—— 한국의 정치가 변하려면 헌법이 어떻게 변해야 할까요?

이준석 지는 책임정치를 구현시기기 위해 기득권 정치를 다파해야 한다고 봅니다. 이게 무슨 말이냐 하면요. 국회의원에 당선되면 4년 동안은 기득권 하에서 활동합니다. 미국의 경우는 하원이 정책을 결정하고 정치를 이끌어 가는데, 2년마다 선출하거든요. 정책 실패를 엄벌하는 쪽으로 가려면 그 수단은 선거인데, 우리의 경우 4년이 너무 길다는 것입니다. 2년으로 단축해야 한다고 보죠. 주민 소환도 있지만 그것 역시 시간이 많이 걸리잖아요. 현재 야권이 극단적인 전투성을 발휘하는 이유가 4년이 길기 때문입니다. 우리는 지금도 느낍니다. 대통령은 바뀌는데 의회 권력은 변하지 않아 고생하고, 반대로 대통령이 폭주할 때는 의회 권력을 미리 교체해 대통령에게 경각심을 줄 수 있죠.

—— 마지막으로 질문을 드립니다. 보수 집권을 위해 현재 제일 필요한 것이 무엇일까요?

이준석 먼저 우리가 주목해 볼 점은 보수정당의 명칭입니다. 보수가 정당 이름을 지을 때 추구하는 가치를 집어넣지 않은 지가 꽤 오래됐습니다. 자유한국당을 보면 이전에는 새누리당, 한나라당이었고, 예전에는 민주자유당이었죠. 제 생각에는 보수가 아닌 척하기를 시작한 것입니다. 인기 영합적인 정당이 되었다고 봐요. 보수의 가치 중에서 무엇을 갖고 싸울지 고민한 것이 아니라 인기 영합적인 정당이 된 것이죠. 지금보다 더 이념에 대해서 솔직해져야 한다고 봅니다. 당명을 보면 지향점이 뭔지 알 수 있어야 합니다. 가치가 분명하지 않고, 철학이 부재한 정당의 기치 아래 모인 사람들이다 보니 맹탕이라는 것입니다.

저는 보수 정치인들도 중국의 정치학교인 당교 같은 곳에서 교육을 받아야 한다고 생각해요. 유럽의 정당 중에는 당원들의 교육을 의무화한 곳도 있어요. 저는 한국의 보수정당 정치인에게도 그런 시기가 왔다고 생각합니다. 예전 보수 정치인들은 톱클래스 전문가들이 들어왔기에 굳이 그런 교육을 받을 필요가 없었어요. 저는 한국의 보수가 살려면 현재 보수의 인재 풀이 달라져야 한다고 생각합니다.

—— 긴 시간 좋은 말씀 해주셔서 감사합니다.

이준석 감사합니다. 수고하셨습니다.

01. [젠더]

—— 젠더에 대한 개념을 아시는 대로 설명해 주시겠습니까?

이준석 젠더는 차이를 말한다. 남자냐, 여자냐, 동성애자냐, 이성애자냐, 사람을 구분한 척도 혹은 기준이 있을 텐데, 이 차이에 대해 엄청나게 의미를 부여한 것이다. 키 큰 사람, 키 작은 사람, 한국 사람, 일본 사람, 이런 식으로 속성으로 분류될 수 있는 것인데, 젠더는 이런 차이를 정치적으로 부각시켰다. 미국에서 페미니즘은 남녀의 차이를 인정하는 쪽과 그렇지 않은 쪽이 있다. 전자는 차이가 존재하니 보정을 해야 한다고 주장하고, 후자는 애초에 그런 차이는 없으니까 여성도 무슨 일이든 다 할 수 있다는 주장을 펼친다. 미국은 후자의 주장이 더 강해, 그것을 중심으로 논의가 이루어지고 있다.

02. [불평등]

—— 여성에 대한 불평등과 그것을 시정하려는 노력에 대해 어떻

이준석 남녀의 차이를 인정하고, 그것을 제도적으로 보정해 주려고
했던 시도들은 의외로 성공적이지 못했다. 가령 정치만 해도
여성 비례대표를 50퍼센트 정도 할당하는데, 그 제도가 성공
적이라고 생각하는 사람은 많지 않다. 회사 임원 수의 많고 적
음으로 여성의 불평등 문제를 다루는 것은 자연스럽지 않다
고 본다. 예나 지금이나 여성들의 목소리가 아니라 과학기술
의 진보가 진정한 여성 해방을 가져다줄 것이다.

03. [펜스 룰]

—— '아내 외에 다른 여성과 단둘이 식사하지 않는다'는 의미의 펜
스 룰이 미국에서 성차별이라는 비판이 있습니다. 펜스 룰이
미국에서 고용주 책임이라는 판결이 있었고, 그 때문에 직장
에서 여성을 배제하거나 남녀를 분리시킨다고 합니다.

이준석 펜스 룰은 굳이 따지자면 학교 폭력을 없애려면 학교를 없애
면 된다, 이런 주장처럼 들린다. 참인 명제이긴 해도 말도 안
되는 것이다. 너무 방어적이고 보수적인 논리다. 그리고 갈등
을 해결할 생각을 해야지 배제 혹은 분리한다는 것은 말이 안
된다. 더구나 배제는 법적인 문제까지 생길 수 있는 것이다.
나는 단둘이 여성을 만난다. 그리고 혹시 나를 만난 뒤에 엉뚱

한 소리를 하는 여성이 있다면 그것은 사회가 걸러 낼 것으로 본다. 우리 사회에서 '미투'가 터져 나오고, 나도 당했다는 여자들 중 일부가 허위인 것이 밝혀져 처벌받기도 했다. 그러면서 미투 과잉이 어느 정도 억제되었다. 이런 과정을 통해 사회적으로 미투에 대한 생각이 좀 정리되었을 거라고 본다.

04. [젠더 폭력]

—— 남자가 젠더 폭력의 잠재적 가해자라는 표현에 대해 어떻게 생각하는지요?

이준석 말도 안 되는 위험한 궤변이다. 남자라는 집단을 잠재적인 가해자로 상정한 것이다. 어느 정도 통계적인 상관관계는 있을지 몰라도 그것을 바탕으로 차별적인 발언을 하는 것은 위험하다. 이런 식으로 접근하면 훨씬 신뢰도가 높은 통계가 많이 나올 것이다. 가령 몸에 문신을 한 사람이 젠더 폭력 가해자가 될 확률이 높다, 이런 것을 받아들일 수 있다. 만일 이것을 유의미한 사회적인 통계로 받아들이는 순간 사회 갈등은 아주 빈번해진다.

05. [계층 갈등]

—— 아직도 우리 사회는 이념과 계층 갈등이 심각합니다.

이준석 내가 주목한 것은 계층 갈등이다. 젊은 세대는 계층에 대한 문제의식을 느끼지 못한다는 조사가 있는데, 그것을 좀 디테일하게 볼 필요가 있다. 취업한 남성의 경우 세대 갈등을 많이 표출한다. 직장 내에서 그런 갈등을 몸으로 경험하니까. 더욱 흥미로운 양상은 직장 내에서 여성의 경우 세대 갈등이 적게 발현된다고 한다. 이것은 아마도 신분 상승 욕구가 여성이 남성보다 덜하기 때문에 그럴 거라고 본다. 여성 직원의 그런 성향에 대해 대기업 임원에게 들은 적이 있다. 갈등의 양상은 집단의 문제이기도 하고, 개인의 문제이기도 하다. 동일 집단이라고 해도 그 개인의 성이나 처한 상황에 따라 갈등의 양태는 다를 수밖에 없다.

06. [여성할당제]

—— 최근 여성할당제에 대한 논란이 있는데 어떻게 생각하십니까?

이준석 젠더 문제를 해결하기 위한 여성할당제 등 복잡해진 성평등 정책이 더 많은 사회 갈등을 야기할 수 있다고 본다. 수치적 평등에 가까워지게 하려는 노력이 결국 우리 사회 젠더 문제를 더 복잡하게 만들 것이다. 젊은 남성들이 악플을 가장 많이 다는 유튜브가 여경을 촬영한 홍보 영상이다. 자신들은 도둑을 잘 잡을 수 있는데 시험에 떨어졌다. 이런 감정이 젊은 남성들에게 생기는 것이다. 여가부에서는 여성 임원이 많은 기업이 성과가 더 좋다고 주장한다. 물론 이런 기업도 있을 수 있다. 이것은 현상 중에 하나다. 뚜렷한 인과관계가 없는 현상을 가지고 여가부에서 정책화를 시도하려 했다. 국민연금을 여성 임원이 많은 기업에 우선 투자하겠다는 내용이었는데, 이것은 젠더 분쟁를 사회 갈등을 야기할 수 있는 수단으로 썼다고 본다.

07. [국민연금의 투자]

—— 사회 전체에 이익이라고 정부가 판단했다면 국민연금을 여성 임원이 많은 기업에 투자할 수도 있는 거 아닐까요?

이준석 국민연금은 기금을 활용할 수 있는 원칙이 있다. 수익성, 자율성, 운영의 독립성 등등 이런 것들이 나열되어 있다. 그 내용에 사회적 목표는 없다. 그런 이유로 정부가 마음대로 재원을 쓰면 안 된다. 국민연금은 고수익을 낼 수 있는 곳에 투자해야 한다. 그것을 공공의 목적으로 쓸 수 없다. 국민연금은 정부가 추구하는 가치를 위해 임의대로 사용할 수 있는 돈이 아니다. 정부가 그런 식으로 재원을 집행하겠다는 것은 아주 위험한 발상이다.

08. [워마드 1]

───── 이준석 최고위원이 생각하는 워마드는 무엇인가요?

이준석 특정 집단에 대한 분노를 자신들 존재의 근거로 이용한 대표적인 집단은 나치다. 유대인 때문에 당신들이 못살고 있는 거다, 이런 주장을 하는 자체는 악의를 가진 과도한 것이다. 여가부는 범죄 집단인 워마드 문제를 공적인 부분으로 끌고 들어오고 있다. 지금 여가부는 젠더 갈등을 조정하는 정부 부처가 아니라 이익집단화되어 가고 있다. 노동부는 당연히 있어야겠지만 노조부가 있으면 곤란할 것이다. 여가부는 여성의 이익집단으로 변하고 있다. 워마드는 지나치게 극우적인 집단과 별반 다르지 않다. 정확히 말해 정치적 집단이라고 볼 수 없다. 처음에는 그렇지 않았겠으나 어느 한쪽의 극단으로 치달으면 그것은 더는 정치집단이 아닌 경우가 많다. 이념은 빠져나가고 증오만 남게 되니까. 나치나 일본의 적군파가 그런 조직이다. 애초의 이념은 어느 순간 소멸되고 극단적인 행동만 남은 반인류적인 집단이라고밖에 볼 수 없다. 좀 다르긴 하지만 태극기 부대도 극우의 선을 아슬아슬하게 넘어가고 있다. 그래서 한국의 보수가 이들을 두둔하는 것은 바람직하지 않다고 본다.

09. [워마드 2]
───── 워마드가 가부장제의 희생자라는 주장도 있습니다.

이준석 워마드가 가부장제의 희생자라고 하면 그들에게 피해를 입힌 세대는 50~60대일 것이다. 우리 사회의 기성세대가 그들에게 남성 혐오의 씨를 뿌린 것이다. 그런데 워마드가 공격하는 세대는 20~30대 남성이다. 어떻게 보면 그들이 대신 벌을 받는 꼴이다. 이들은 전 세대보다 가부장제에 덜 노출되었다. 이런 상황이라 20~30대는 여성에 대한 혐오 감정이 별로 없다. 더구나 이들 세대는 여성의 비율이 15퍼센트 정도 적다. 20~30대는 여성에 대한 가치를 낮춰 볼 수 없는 상황이다.

10. [이수역]

—— 이수역 사건은 어떻게 보셨습니까?

이준석 워마드의 전신 버전이라고도 할 수 있는 메갈리아에서 알게 된 두 여성이 술집에서 남성들에게 먼저 도발했다. 성적으로 극단적인 얘기를 했던 것이고, 실랑이가 있었을 때 남성들이 화장을 하지 않고 머리가 짧은 여성들을 때렸다는 주장을 했다. 당시 여성들은 체계적으로 움직였다. 30만 명 가까운 사람들이 청와대 청원에 동원되고, 두 남성을 궁지로 몰아갔다. 나는 그들을 작년 말부터 주목했다. 그들에 대해 어떤 행동을 취해야 한다고 봤다. 그들이 폭탄을 던지고 그런 것은 아니지만 그들이 뭉쳐 남성 둘의 인생을 도저히 회복할 수 없도록 작살낼 수도 있다는 것을 보여준 것이다. 이런 극단적인 사고를 가진 집단이 9·11테러를 저지르는 것이다. 미국에 경종을 울리기 위해 세계무역센터에서 근무하는 3천 명 정도의 사람은 죽여도 좋다, 이런 극단은 이념이 아니라 아주 위험한 분노에 불과하다.

11. [군 가산점제]

—— 군 가산점제 도입과 여성의 군 복무 기회를 고민하고 있다고 들었습니다.

이준석 정확히 말하면 군 가산점제 도입은 젠더 문제가 아니다. 그런데 왜, 이 문제가 젠더 문제로 인식될까? 현재는 사병 군 복무를 남자로 한정해 놓으니까 생긴 현상이다. 이것을 보훈이나 군 경력 우대정책으로 이해하면 젠더 문제가 아니다. 이게 남성 징병제가 존재하는 한국에선 젠더화되는 것이다. 나와 하태경 의원은 군 가산점제를 비젠더화하자는 것이다. 여성에게도 사병 복무의 기회를 열어주면 가산점을 원하는 여성은 군대에 가면 되는 것이다. 남성은 징병제를 유지하더라도 여성에게 선택의 기회를 주는 것이다. 지금은 여성이 부사관에만 지원할 수 있다. 이런 식으로 제도를 바꾸면 군 가산점제는 남성 지원정책이 아니라 군에 대한 지원정책이 되는 것이다. 먼저 여성 사병 지원제를 도입하고, 그들이 제대할 시기인 2년 뒤에 가산점제를 도입하면 될 것 같다. 공정한 경쟁을 위해서라도 이렇게 접근하는 것이 타당하다고 생각한다.

12. [시대정신]

—— 이준석 최고위원님에게 부여된 시대정신은 무엇인가요?

이준석 한국에서 아직 젊은 정치인이 정치의 주역으로 떠오르지 못
하고 있다. 그것은 국민이 영웅을 갈망하는 심리와 관계가 있
다고 생각한다. 하지만 앞으로는 정치 환경이 변할 것으로 본
다. 특히 1980년 이후에 태어난 세대에게는 그런 드라마틱한
영웅의 탄생은 기대할 수 없다. 한국은 산업화도 민주화도 태
동기를 지나 안정기로 접어들었다. 그래서 나는 그런 시대정
신에 맞는 리더십이 부상하리라고 믿는다. 이전 시대와 다른
시대정신을 가진 정치인이 리더가 될 것이다. 나는 그런 시대
정신은 다름 아닌 실력, 실력주의라고 생각한다.

13. [박근혜 키즈]

—— 주변에서 가장 많이 듣는 얘기가 '박근혜 키즈'가 아닐까요?

이준석 박근혜 전 대통령은 내가 정치를 계속하리라는 믿음 같은 것
은 없었을 것이다. 박근혜 전 대통령의 입장에서 보자면 나
는 하나의 소모품이었다. 만일 당신이 나를 정치인으로 성장
시켜 주어야겠다는 마음이 있었다면 어떤 식으로라도 후원

을 했을 것이다. 그런데 후원이 없었다. 나와 당신은 이해관계는 있어도 종속 관계가 생기지 않았다. 돌이켜 보면 그것은 내게는 행운이었다. 내가 당에서 비대위원을 했지만 당신이 임명한 자리에 간 적은 없다. 당신과 나는 한마디로 서로 이익이 되는 관계였다. 애초에 나를 봉사 단체를 한다는 이유로 영입한 것이니 그럴 만한 이해관계가 없었다. 당신이 만일 나를 정치적으로 육성하기 위한 직책을 주어 청와대로 불렀다면 내 입장에서는 그 제의를 받아들이지 않을 수 없었을 것이다.

14. [토론]

—— 토론 능력이 뛰어나신데 과학고 시절이나 하버드 대학 시절에 토론할 기회가 많았나요?

이준석 과학고 선후배들끼리 커뮤니티 사이트가 있었다. 내가 서울과학고 13기인데 1기부터 들어와 있는 모임이었다. 인터넷 카페, 이런 것들이 생기기 전부터 운영된 사이트였다. 그곳에 정치 토론장도 있었는데, 그곳에서 굉장히 고차원적인 토론이 많이 이루어졌다. 과학고 선후배 중에는 사람들이 생각하는 것보다 훨씬 더 인문학이나 정치학 등에 밝은 사람들이 많았다. 그 때문인지 토론이 은근히 치열했다. 궤변에 가까운 토론도 많았다. 나중에 정치 토론을 하면서 그런 황당한 궤변들이 논리를 전개하는 데 도움이 많이 되었다. 토론의 장은 사람들이 생각하는 것처럼 점잖은 논리만 주고받는 곳이 아니다. 현실 정치에 들어올 때까지 그곳에서 한 10년 넘게 토론을 했다.

15. [토론 준비]
—— 토론할 때, 따로 원고를 준비하나요?

이준석 토론 준비를 하고 들어가면 오히려 불리하다. 우선 토론의 장이 자신들이 원하는 대로 흘러가지 않는다. 또 준비하고 들어가면 자기가 준비한 말을 해야 한다는 강박 때문에 엉뚱한 말을 하는 경우가 많다. 토론에서 중요한 것은 자기가 하고 싶은 말과 대중이 듣고 싶은 말을 구분하는 것이다. 토론자는 그것을 알기 쉽지 않다. 토론의 흐름은 사회자가 제일 잘 안다. 그와 호흡을 맞춰 토론을 진행해야 한다. 원고를 가지고 들어가서 원고대로 토론하면 낭패를 당할 수 있다. 그런 출연자를 시청자는 원하지 않는다. 당연히 방송 출연을 못 할 수 있다.

16. [공학도]
—— 이준석 최고위원께서는 공학도입니다. 공학적인 사유를 하는 사람과 정치는 썩 어울리는 분야가 아니라는 생각도 듭니다.

이준석 중국의 지도부들을 한번 생각해 보시라. 공학도 출신들이 우리가 생각하는 것보다 훨씬 많다. 후진타오 전 국가 주석은 댐 기술자였다. 중국은 전통적으로 물을 다루는 것이 나라의 중요한 사업이었다. 장쩌민 주석도 자동차 공장 기술자였고, 원자바오 총리는 광산 기술자였다. 현재의 시진핑 주석은 화학과 법학을 전공했다. 중국은 문화혁명 이후에 지도 체계 내에서 공학자가 주류로 자리 잡았던 것 같다. 원래 공산국가는 정치사상을 담당하는 당원 출신들이 당과 국가를 이끄는 관료가 되는 구조였다. 그만큼 중국은 문화혁명의 후유증이 컸고, 그 뒤로 나라가 변했다는 뜻이다. 여기서 우리가 주목할 점은 중국의 많은 지도자가 공학도임에도 불구하고 정치의 주류에 편입해 나라를 움직이는 지도자가 되었다는 것이다. 우리도 새겨들어야 할 대목이다.

17. [과학]

—— 과학도라 그런지 과학에 대한 믿음이 크군요.

이준석 나는 세상을 바꾸는 것은 법과 제도가 아니라 과학적인 진보 혹은 발전이라고 본다. 그래서 중국에서 과학을 실용적으로 응용하는 사람들인 공학도가 정치의 주류로 부상한 것은 필연적인 결과라고 보고 있다. 나는 한국의 정치는 율사들의 카르텔이 정치 발전을 막고 있는 측면이 있다고 생각한다. 한국의 정치판은 다양성을 상실한 집단이다. 나는 중국의 급성장은 실용적인 공학도가 나라를 운영하는 것과 어느 정도 관계가 있다고 본다. 결국, 중국은 구소련과 달리 나라도 부흥했고, 공산주의 이념도 지켰다.

18. [실력]
—— 정치를 경험과 경륜으로 하지 않고 무엇으로 해야 합니까?

이준석 경험과 경륜을 포괄하는 말이 실력이라고 본다. 사실 실력이 존중받고 그것이 양성되는 정치 풍토가 만들어져야 하는데, 경험과 경륜으로 그것을 누르려고 한다. 경험과 경륜은 정치를 오래 하면 생기는 것이다. 경험과 경륜을 주장하는 정치인들은 실력에 자신이 없는 사람들이라고 본다. 경험과 경륜을 많이 들먹이는 정치인들은 연공서열을 통해 기득권을 유지하는 정치인인 경우가 많다. 거꾸로, 그렇게 나이 먹도록 무엇을 쌓았냐고 물을 수도 있을 것 같다. 그 정치인이 경험과 경륜만 있고 실력이 없다면 오히려 부끄러워해야 할 것이다.

19. [정치학교]
—— 정치인이 정치학교를 통해 길러질 수 있다고 보십니까?

이준석 정치인은 수학이나 물리처럼 상당 정도 자질이 필요하다. 그래서 청년 정치학교는 양성한다는 개념보다는 실전의 의미가 강하다. 당신이 정치를 한번 해보라고 기회를 주는 것이다. 학

교가 졸업생에게 그런 기회를 주었다고 해서 성과가 좋은 것
은 아니다. 정치인은 양성되는 것이 아니라 발굴된다. 애초에
풍부한 자질을 지니고 있어야 한다. 그들을 영입하고 선발할
수 있는 기준을 만들어야 한다.

20. [청년수당]

—— '청년수당'이란 이름으로 이재명 지사나 박원순 시장 같은 지
자체 장들이 실시하고 있긴 합니다만, 정치권에서 그들을 돕
는 체계적인 정책이 나와야 할 것 같습니다. 이에 대한 생각은
어떠신가요?

이준석 수당을 특정 계층에만 주는 것에 대해서는 한번 생각해 봐
야 한다. 지금은 청년수당이 전국적으로 지급되고 있는 상황
은 아니다. 청년수당이 체계적으로 주어진다면 분명히 위화
감 문제를 일으킬 것이다. 다만 현재 노인들에게 지급하는 연
금의 경우는 좀 예외적일 수 있다. 그것은 노인에게 지급하지
만 모든 계층이 언젠가 나도 노령연금을 받을 수 있다는 믿음
이 있으니까. 그 때문에 저항이 적을 수 있다. 나는 청년에게
만 주는 청년수당이 아니라 전 세대에 주는 기본소득 형태는
한번 고려해 볼 만한 정책이라고 본다. 기본소득을 실시하려
면 현재 시행하고 있는 복지 혜택을 기본소득 안에 다 녹여 포
함해야 할 것이다.

21. [할당제]

—— 청년 정당이라면 젠더 문제나 군 가산점 문제 등을 이야기할
수밖에 없는데, 여성에 대한 배려가 너무 없어요.

이준석 여성을 따로 배려해야 한다는 생각 자체가 위험하다. 여성의
특수성을 인정해 배려 치인의 할당을 시작하는 순간부터 일
이 꼬인다. 다만 현재 여성의 정치적, 경제적 상황이 극히 어
렵다는 판단이 객관적 설득력이 있다면 한시적인 할당제를
검토해 볼 수 있다고 본다. 일몰제로 제정해야 한다. 지금은
할당제가 한시적인 법이 아니라 영구적으로 그들에게 혜택을
주는 법이 되었다. 양성평등 채용 목표제라든지 이런 것들은
한시성을 가진 법이 아니다.

22. [지방 정책]

—— 정부의 지방 정책에 대해 어떻게 생각하시나요?

이준석 지방 정책에 대한 인식을 좀 바꾸어 볼 필요가 있다. 예를 들
어 미국 델라웨어 주에 가면 아마존이나 인터넷 쇼핑몰들의
물류 창고를 만들어 놓았는데, 그곳은 지리적 조건 때문에 거
의 아무것도 할 수 없는 곳이다. 그런데 세일즈 세율을 조정해
인터넷 쇼핑몰 물류 창고를 유치한 것이다. 미국의 경우 주문
은 캘리포니아에서 하고 상품 출고는 델라웨어에서 하면 그

곳의 세일즈 세금을 적용한다. 델라웨어는 세금이 0이고, 캘리포니아는 8.75퍼센트다. 그럼 캘리포니아도 0으로 떨어뜨리면 되겠다고 생각하겠지만 캘리포니아는 그럴 수가 없다. 세일즈 세금은 일률 적용이라 캘리포니아가 세율을 0으로 내리면 다른 세일즈도 모두 0이 되어 오히려 손해를 본다.

23. [북한]

—— 김일성과 김정일 시대의 북한에 대해 생각해 볼까요?

이준석 김일성은 이전의 성과나 과오는 차치하고, 역사적인 전환점이 왔을 때 세계사적인 흐름을 타지 못했다. 북한 인민들의 삶의 차원에서 보자면 정말 엄청난 기회를 놓친 것이다. 그 때문에 이후 김정일 시대에 결정적인 아사가 찾아왔다. 오늘날 북한의 현실은 독재 정권이 만들어 낸 일종의 오너 리스크다. 그렇기 때문에 북한의 부자 독재자들은 오늘의 현실에서 긍정적으로 볼 것이 별로 없다고 본다.

24. [통일]

—— 남북한은 영원히 이런 고착 상태로 살아야 합니까?

이준석 통일의 방법이 체제 우위를 통한 흡수통일 외에 어떤 방법이 있을까 싶다. 조금 극단적으로 들릴 수도 있겠지만 나는 통일 교육도 필요 없다고 생각하는 사람이다. 통일 교육은 우리가 받아야 하는 것이 아니라 북한에 있는 사람들이 받아야 한다. 우리가 북한과 통일을 했을 때, 북한에서 받아들일 만한 요소가 있겠는가? 나는 북한에서 우리가 재활용할 만한 게 없다고 본다. 북한의 의식 체계나 사법 체계 등을 받아올 수는 없다. 우리가 고민해야 할 것은 북한을 어떻게 우리 체계에 편입시킬 것인가? 그런 고민을 해야 한다. 동·서독이 합쳐졌을 때 동독적 가치가 살아남은 경우는 거의 없다.

25. [외교]

—— 문재인 정권의 외교에 대해 어떻게 평가하고 있나요?

이준석 거의 모든 정권이 외교에는 미숙했다. 외교는 말을 아껴야 하는데, 대통령 중에 그런 분이 없었다. 문재인 대통령은 먼저 샴페인을 터뜨린 것 같다. 외교라는 것은 전술이 필요한데, 그게 부족했다. 북한이 달려들면 덥석 잡을 것이 아니라 애태우게 만들어야 한다. 그런데 마치 우리가 책임지고 다 해줄 것처럼 했다. 지금 상황을 보자. 균형자가 아니라 미국과 북한에 낀 상태가 되어 버렸다.

26. [정규직 전환]

—— 문재인 정부의 비정규직의 정규직 전환 정책에 대해 어떻게

이준석 나는 지속 불가능한 정책으로 본다. 공공 부문에서야 어떻게 된다고 해도 기업이 무리하게 비정규직을 정규직으로 전환해서 지탱할 수 있을까? 너무나 현실성이 없는 정책이다. 기업이 인력을 정규직으로 고용한다는 것은 많은 부담을 질 수밖에 없다. 그래서 이후의 해고 비용까지 생각해 고용을 적게 하고 있다. 나는 기업이 해고를 쉽게 해야 경영 효율성이 높아져 결국에는 사회에 득이 될 것으로 본다. 해고는 쉽게 하고 실업 급여, 재취업 프로그램, 기본소득 등등의 사회 안전망을 강화해야 한다.

27. [소득 주도 성장]
—— 문재인 정권의 경제정책은 수요 측면에서 소득 주도 성장입니다. 어떻게 평가하세요?

이준석 우리 아버지 세대는 돈이 생겨도 막 쓰지 않았다. 소득이 소비로 쉽게 연결되지 않았다는 것이다. 특히 한국 같은 경우는 부동산이 자산에서 차지하는 비율이 너무 높다. 그래서 내수 시장이 크게 열리지 않는다. 실제로 소비할 수 있는 가처분 자산이 잘 만들어지지 않는다. 우리는 생활비나 주택 대출금을 갚으면 소비할 여력이 없다. 한국에서 소비 증가가 발생한 예를 든다면 부동산 거품이 대표적이다. 부동산 가격이 올라가면 기대 심리가 작용해 소비가 급격히 증가했다. 강남의 사교육 시장도 부동산 거품과 관련이 있는 것으로 알고 있다. 또 부동산이 오르면 건설사에서 집을 지을 것이다. 그럼 일용 시장도 활성화된다. 하지만 부동산 거품은 후유증을 발생시킬 수 있어 정부에서 규제를 했다. 한국에서 소득 증가로 인해 소비 증가로 이어진 경우가 거의 없다. 그러니까, 이 이론은 그냥 이론일 뿐이다.

28. [일자리]
—— 청년 실업자 혹은 중장년 실업자들에게 무슨 일자리를 주겠습니까?

이준석 SOC 사업을 하겠다. 특히, 나는 교통 인프라를 조성하겠다. 비용 편익 조사를 해보면 무조건 1이 넘는 사업이다. 속어로 '공구리'라고 욕할 수도 있겠지만 이런 일자리가 꼭 필요한 사람들이 있다. 가령 IT 같은 사업을 하면 머리 좋은 사람이 다 먹는다. 한마디로 먹는 사람이 다 먹는 구조. 그리고 나는 청년 일자리를 따로 만들기보다는 육체노동을 할 수밖에 없는 사람과 전문성을 가진 사람들의 일자리를 구분해 취업 대책을 마련하겠다. 나이는 그렇게 중요한 요소라고 생각하지 않는다.

29. [경제 프레임]

—— 보수 집권을 위한 경제 프레임을 듣고 싶습니다.

이준석 한국이 새로운 성장 동력을 얻기 위해서는 규제 없는 국가가 되어야 할지 모른다. 싱가포르의 예를 한번 들어 보자. 나는 어렸을 적에 싱가포르에서 살았던 경험 때문인지 그 나라가 아주 가깝게 느껴진다. 싱가포르의 리콴유 총리는 독재자라는 말을 들어 가면서 섬나라를 가난에서 탈출시켰다. 하지만 도덕주의적인 국가 운영관이 아주 강했다. 아편전쟁 이후로 중국계 지도자의 특징이 뭐냐 하면 자기 국민을 강하게 통치해야 한다는 철학이 있다. 그 나라에는 태형이 있을 정도니까. 도덕적으로 타락하면 나라가 망한다는 강박이 자리 잡은 것이다.

30. [청소년 교육]

—— 보육과 청소년 교육 문제에 대해서 말씀해 주세요.

이준석 보육은 최대한 국가가 책임져야 한다고 생각한다. 아이들을 보육원이나 유치원에 보내는 부모들의 경우는 자신들도 아직 사회에 완전히 적응 못 한 상태도 있다. 그러니 더더욱 국가가 책임져야 한다고 본다. 초등학교에 다닐 때도 역시 국가가 교육을 담당해야 한다고 생각한다. 그리고 중등교육은 전반적으로 다시 검토해 볼 때가 왔다. 나의 지역구인 상계동의 고등학교를 둘러봤더니 학생 수가 반 가까이 줄었다. 그것은 상계동만의 현상이 아니다. 수능에 응시하는 학생 수를 보면 청소년 인구 감소를 금방 알 수 있다. 그래서 나는 고등학교 전 학년을 수용할 수 있는 기숙사 학교를 만들면 어떨까 생각해 보았다. 실제로 고등학교 때 기숙사 생활을 했는데, 학생들이 기숙사에 있으면 사교육을 할 시간이 없고, 학생의 가정환경 때문에 발생할 수 있는 위화감도 거의 없었다. 인구가 현격히 줄어드는 농촌 지역의 경우는 몇 개 학교를 통합해 기숙사 학교를 짓는 것이다. 대도시도 마찬가지이고.

31. [대학 입시 체제]

—— 현재 대학 입시 체제에 대해서도 고민해 본 적이 있습니까?

이준석 국·공립대 입시는 지금 정시를 운용하는 방식으로 가져가야 한다고 생각한다. 국·공립대는 철저하게 수능으로 줄 세우기를 해서 학생들을 뽑아야 한다. 공정성 시비가 전혀 나오지 않도록 말이다. 그리고 국·공립대는 등록금을 낮출 수 있는 데까지 낮춰 지방 학생들이 자기 지역의 대학에 갈 수 있도록 유도해야 한다고 생각한다. 서울시립대 정도까지 말이다. 현재 사립대에 주는 지원금도 국립 지방대 쪽으로 돌려 국립대의 공공성을 강화할 필요가 있다고 본다. 이렇게 되면 국·공립대가 현재보다 훨씬 좋아질 것이다. 자연스럽게 지방대학 활성화가 될 수 있다고 본다. 그것 때문에 지방이 어느 정도 좋아질 수도 있다.

그리고 우리의 경우 수능을 일 년에 한 번 보는 방식인데 이것은 좀 문제라고 본다. YS 시절에 수능을 일 년에 두 번 본 적이 있다. 나는 학생들에게 기회를 두 번 이상 주는 것이 올바른 방식이라고 생각한다. 시험 날 재수가 없어 혹은 실수로 수능을 잘못 보았다고 말하는 학생이 없도록 말이다.

중요한 것은 사립대에 학생 선발의 자율권을 주는 것이다. 사립대가 원하는 대로 학생을 선발할 수 있도록 국가가 아예 개입하면 안 된다고 본다. 정부 지원 사업을 가져가는 것은 괜찮지만 재정 지원은 아예 없애는 것이다. 이렇게 하면 사립대의 등록금이 올라갈 것이다. 미국처럼 사립대는 높은 등록금을 내고, 주립대는 등록금이 거의 없게 만들면 된다. 이런 식으로 되면 등록금 때문에라도 사립대보다는 국립대에 학생들이 몰릴 것으로 생각한다.

32. [한국 교육]

—— 한국 교육의 가장 큰 문제가 무엇이라고 생각하십니까?

이준석 교육에 대한 환상을 깼으면 좋겠다. 우리나라는 암기식 교육을 하고 있고, 교육 선진국에 가면 굉장히 창의적인 교육을 하고 있을 거라는 생각을 종종 한다. 그게 착각이다. 암기는 대단히 중요하다. 암기는 좋은 공부이고, 공부하지 않고 교육이 잘 되는 나라는 없다. 미국은 정말로 책을 외울 정도로 많이 읽는다. 거의 모든 과목이 그렇다. 나중에 인용하려고 해도 우선 외우고 있어야 한다. 외우지 않고 이해한다는 게 가능한 일이 아니다. 그 문장이 암기 상태로 머릿속에 저장되어 있어야 이해가 가능하다.

놀면서 공부하자, 나는 그런 공부는 없다고 본다. '배움을 나누는 사람들'을 하면서 아이들을 많이 상대해 봤는데, 원리를 공부하는 것보다 더 중요한 것은 문제를 풀어 보는 거였다. 문제를 풀면서 익히는 것이 훨씬 효율적이었다. 문제 풀이는 오직 시간을 투여해 공부하는 것밖에 다른 방법이 없다. 외국에서도 수학 공부를 할 때 문제 풀이를 다 한다.

나는 아이에게 약간 강제적인 방법을 동원해서라도 공부를 시켜야 한다는 생각이다. 지금은 우리나라 학교에서 없어진 성취도 평가를 부활시켜야 한다고 생각한다. 그 시험을 보면 국어, 영어, 수학 등 기초학력이 미달된 학생이 나온다. 그런 학생들을 공부시킬 방법을 찾아야 한다. 그것을 하지 않고 의무교육을 이야기한다는 것은 난센스다.

33. [대안학교]
—— 서울시교육청이 '학교 밖 청소년 교육지원 정책 방안'으로 교

육 기본수당 20만 원을 지급한다는 계획을 발표했습니다. 대안학교에 대해 어떻게 생각하십니까?

이준석 비인가 대안학교의 경우는 교육부에서 지원해야 할 대상이 아니다. 굳이 지원하려면 여성가족부에서 해야 한다고 본다. 비인가 대안학교의 경우는 학교 밖으로 나와 선택 교육을 받는 것이라고 봐야 한다. 그런 교육을 교육부가 지원하는 것은 곤란하다고 생각한다. 그래서 서울시교육청에서 말한 교육 기본수당은 바람직한 정책 결정이라고 생각하지 않는다. 다만 대안학교라고 해도 교육부로부터 인가를 받아 교육하는 경우라면 지원은 자연스럽게 될 수밖에 없다. 나는 교육 프로그램을 정부가 관리해야 한다고 믿는다. 비인가 대안학교는 교육의 내용을 독자적으로 결정해 운영하는 것으로 알고 있다.

34. [학교 & 사회]

—— 앞으로 4차 산업혁명 시대에 학교가 청소년들의 교육을 전적으로 견인할 수 있을까요?

이준석 지난 대선 과정에서 안철수 후보의 공약 중에 가장 마음에 들었던 것이 교육제도를 변경해 교육과정을 1년 단축하자는 내용이었다. 지금 고등교육까지 12년을 받는데, 그것을 압축해

11년으로 줄이고, 학생들을 빨리 사회로 내보내자는 말이다. 사회에 대한 진입 시기를 당겨 배움의 공간을 사회로 옮기는 것이다. 다시 말해 초·중등교육을 축소하고 학생들을 사회로 내보내 직업을 찾든지 대학에 가서 공부하든지 시간을 더 주자는 것이다. 교육과정도 1년 줄이고 입학도 1년 당기자는 의견도 있는데, 한번 깊이 고려해 볼 만한 것이다. 그러면 유치원 교육도 1년으로 줄 것이다. 결과적으로 학생들은 2년 빨리 사회로 나올 수 있다. 이미 4차 산업혁명 시대에 접어든 사회에 좀 더 시간을 갖고 적응하는 것이다.

35. [논리학]
—— 제4차 산업혁명 시대에는 우리 교육에서 가장 필요한 것은 무엇이라고 생각합니까?

이준석 나는 논리학이라 본다. 우리나라 정치도 치열하게 논리적 대결을 하는 것이 아니라 진영 논리로 간다. 4차 산업혁명 시대에는 기계 때문에 일을 빼앗기는 사람들과 기계를 이용해 돈을 버는 사람 사이에 치열한 갈등이 있을 것인데, 그 갈등을 해결할 수 있는 것은 논리밖에 없을 것이라고 본다. 4차 산업혁명 시대에는 백과사전적 지식은 가치를 많이 잃게 될 것이다. 그것은 컴퓨터가 감당할 테니까. 그래서 학교교육에서 논리 교육이 더 중요해질 수밖에 없다고 본다. 또 그것은 4차 산업혁명 시대를 살아가는 무기가 될 수도 있다.

36. [미국 & 경쟁]

──── 이준석 최고위원이 생각하는 공정한 경쟁을 이해하려면 미국
사회에서 경쟁의 의미를 알아야 할 것 같습니다.

이준석 미국은 대외적으로 자신이 세계의 중심이라는 생각으로 힘의
정치를 펼친다. 트럼프는 그런 극단을 보여주는 인물이다. 그
의 행동을 보면 자기 마음대로다. 오직 강한 자가 질서라는 생
각이 든다. 트럼프가 보수당인 공화당이기 때문에 그런 것이
아니라 원래 미국은 그런 나라다. 민주당도 미국의 이익 앞에
서는 비슷하다. 다만 장사꾼 출신인 트럼프처럼 막말하거나
대놓고 눈앞의 이익을 챙기려 하지 않을 뿐이다. 점잖은 오바
마 시절에도 미국의 대외정책은 크게 달라지지 않았다. 민주
당 출신 대통령 빌 클린턴 시절에도 자신들이 필요하다고 생
각하니까 북한 영변의 핵 시설을 공격하려고 했다. 미국은 자
기 이익 앞에서는 민주당과 공화당이 따로 없다.

37. [보수 집권]

──── 보수 집권을 위해 현재 제일 필요한 것이 무엇일까요?

이준석 나는 보수 정치인들도 중국의 정치학교인 당교 같은 곳에서
교육을 받아야 한다고 생각한다. 유럽의 정당 중에는 당원들

의 교육을 의무화한 곳도 있다. 나는 한국의 보수정당 정치인에게도 그런 시기가 왔다고 생각한다. 예전 보수 정치인들은 톱클래스의 전문가들이 들어왔기에 굳이 그런 교육을 받을 필요가 없었다. 나는 한국의 보수가 살려면 현재 보수의 인재 풀이 달라져야 한다고 생각한다.

보수란 무엇인가?

　　문재인 정부는 촛불 집회로 탄생했다. 그런 문재인 정부가 한국의 보수주의자들로부터 좌파 정권이라는 공격을 수시로 받고 있다. 한국의 경우 좌파라고 하면 먼저 떠오르는 나라가 북한이다. 실제로 보수주의자들 중에는 문재인 좌파 정권이 북한의 사상을 추종한다고 말하는 사람들도 있는 실정이다. 그럼, 문재인 정부 밑에서 일하는 정치인과 관료들은 남한을 북한처럼 만들기 위해 열심히 일하는 사람인가?

　　한국에서 좌파라는 말은 진보의 의미로 사용되고 있다. 그런데 이 말은 우리 사회에서 그렇게 단순한 의미만 있는 것이 아니다. 그것은 다름 아닌 북한 때문이다. 북한은 극좌파 정권이 맞지만 진보 정권은 아니다. 진보의 관점에서 보자면 북한은 우파 정권이라고 할 것이다. 한국에서 진보 세력을 좌파라고 이름 붙이는 것은 진보의 의미가 아니라 북한 추종 세력이란 프레임을 덧씌우기 위한 정치적 수사이다. 다시 말해 진보 좌파라는 말은 의도를 갖고 만들어져 유통되고 있다. 한국에서는 정치적 언어들이 합당하게 쓰이지 않고 편의에 따라 사용되는 것이 현실이다.

촛불 혁명으로 쓰러진 박근혜 정권은 경제 민주화를 정권의 담론으로 내세워 당선되었다. 그래서 국민들은 박근혜 정부가 성장보다는 분배 정책을 펼칠 것으로 믿었다. 자유와 평등의 가치 중에서 평등을 국정 철학으로 삼을 줄로 알았다. 그래서 사람들은 박근혜 정권은 보수정당의 고정관념을 깬 신선한 정권이 될 줄 알았다. 실제로 선거 과정에서 보여준 일련의 행보는 그렇게 추정하기에 충분했다. 하지만 지난 촛불 정국에서 드러난 박근혜 전 대통령의 인식은 좀 황당한 차원이었다. 최순실이라는 강남 아줌마가 나라를 쥐고 흔들고 있었다. 다시 말해 대선 과정에서 보여준 박근혜 정부의 정책들은 한국 보수주의자들의 고민이 공약으로 나온 것이 아니었다. 다만 권력을 손에 쥐기 위한 말의 향연에 불과했다.

평소 친분이 있는 바른미래당 이준석 최고위원은 한국 정당들의 이념 부재에 대한 우려를 여러 번 필자에게 피력한 적이 있었다. 또한, 그는 정치인들이 사용하는 표현이나 과장된 수사에 대해서도 우려를 표명했다. 그는 보수는 보수답게 진보는 진보답게 정책을 내고, 그 정책으로 국정을 운영해야 한다고도 했다. 또한, 어떤 정책에는 그에 맞는 이름을 붙여야 하고, 정당 역시 그 정당의 성격에 맞는 이름을 붙여야 한다고 했다. 한국의 정당들은 집권에 대한 욕심만 있을 뿐이지 정권이 창출된 이후의 방향에 대해서는 진지하게 고민하고 성찰하는 자세가 부족하다는 것이었다.

그는 문재인 정권에 대해 지지를 보내는 측면이 있다고 했다. 나는 그게 뭔지 궁금했다. 바로 정책의 선명성이었다. 이준석 최고위원은 문재인 정권이 자기 철학인 평등의 가치를 정권 차원에서 밀고 나간다고 했다. 자신은 문재인 정권의 정책이 바른 방향이라고 생각하지는 않지만 분명한 자기 철학으로 정부를 운영하는 것은 바람직하다고 본 것이다. 그는 민주주의 정당은 정책을 국민에게 제시하고 그것으로 국민의 심판을 받아야 한다고 했다. 한국에 그런 정치 풍토가 뿌리내리지 못한 것은 개탄스러운 일이라고도 했다.

이준석 최고위원은 필자에게 각 분야에 보수의 입장을 한번 정리해 보고 싶다고 말했다. 합리적인 보수, 진짜 보수의 모습을 국민에게 분명히 알릴 필요를 느낀다고 했다. 『공정한 경쟁』은 정치인 이준석의 이러한 고민의 결과물이다. 필자는 그가 자신의 견해를 보다 더 정확히 말할 수 있도록 조력자 역할을 한 셈이다.

우선 '공정한 경쟁'이라는 용어는 진보 혹은 보수에서 아전인수처럼 필요에 따라 가져다 쓸 수 있는 수사이다. 이명박 대통령은 2010년 8·15 경축사에서 '공정 사회' 정책 구상을 최초로 제기했다. '공정 사회'는 기본적으로 공정한 경쟁이 전제되어야 한다. 그 경쟁을 통해 이루고 싶은 사회의 모습이 '공정 사회'일 것이다. 하지만 그 화두 역시 보수의 가치를 정립하고 싶어서 던진 화두가 아니라 다분히 정치적인 상황을 돌파할 목적으로, 정치적인 수사의 측면이 강했다. 당시는 사회적으로 깊어져 가는 양극화와 미국에서 시작된 글로벌 경제 위기 때문에 국민에게 어떤 식으로든 위안이 필요한 상황이었다. 구체적인 내용을 보면 승자 독식의 현실을 비판하고, 현실적으로는 친서민 중도실용 정책을 펼치겠다는 것이었다. 하지만 이명박 정권이 그런 정책 목표를 달성했다고 보기 힘들 것이다.

『공정한 경쟁』에서 이준석 최고위원은 철저하게 보수의 가치를 확립하려고 노력했다. 그가 추구한 가치는 정치적으로는 평등보다는 자유이고, 경제적으로는 분배보다는 성장이다. 특히 성장 철학에서는 여러 가지 파격적인 제안을 하고 있다. 그는 도덕은 도덕이고, 경제는 경제 논리로 접근해야 한다는 의견이다. 한국 교육 문제의 핵심인 대학 입시 개선 방향과 대학의 개혁 방향에 대해서도 자기 생각을 피력했다. 그것은 충분히 경청해 볼 만한 내용이었다. 또한 여성 문제나 여성할당제, 청년정치에 대한 평소의 생각을 정리하여 제시했다. 그가 생각하는 정치·사회 방향은 한마디로 효율이다. 또한, 그는 보수 집권을 위해서는 다른 무엇보다도 보수의 가치 확립이 먼저라고 말했다. 한국의 보수는 자기 가치를 확립하고 그것을 바탕으로 국정 운영의 철학을 만들고 집권을 준비해야 한다는 것이다. 『공정한 경쟁』에는 이준석 최고위원이 생각하는 보수의 미래와 한국의 미래가 고스란히 다 들어있다.

정치는 보수와 진보, 진보와 보수의 양쪽 날개로 날아다니는 새이다. 한 사회도 양 진영의 균형으로 이루어져 있다. 그 균형은 조화로울 수도 불안할 수도 있다. 역사도 마찬가지다. 어떤 시대는 양 진영이 조화롭게 굴러가고, 어떤 시대는 불균형 속에 위태롭게 굴러간다. 하지만 어느 한쪽으로 기우는 것은 바람직한 현상이 아니다. 그래서 우리 사회는 보수와 진보의 생각을 분명히 알 필요가 있다. 그런 의미에서 『공정한 경쟁』은 가치 있는 책이다. 이 책은 합리적인 보수라고 불리는 보수주의자의 민낯을 여과 없이 보여주고 있다.

강희진(작가)

동의할 수 없는 대목도 있었지만, 참 흥미진진한 책이었다. 이준석의 발랄함, 솔직함과 젊음이 발산하는 도발적인 생각들, 그리고 7년 넘는 세월 동안 정치 현장의 한복판에서 단련된 성숙함도 느낄 수 있었다. 지금의 보수와 진보 둘 다 우리 정치가 시대의 문제를 해결하는 실력, 경쟁력을 상실한 이 시대에 이준석처럼 보수의 미래, 정치의 미래, 나라의 미래를 위해 치열하게 고민하는 젊은 정치인이 더 나타나 주기를 간절히 기대한다. 이 책을 계기로 새로운 보수와 새로운 진보의 공정한 경쟁이 더 나은 세상을 만드는 상쾌한 상상을 하면서 이 책을 권한다. 유승민(전 국회의원)

대한민국은 한때 전 세계가 부러워하는 나라였습니다. 2차 세계대전 이후 경제 발전과 민주화를 동시에 이룩한 유일한 나라라는 성취는 국민 모두가 자부심을 갖기에 충분했습니다. 지금은 자부심을 갖는 국민도 우리를 따라 배우려는 나라도 없습니다. 모든 국민이 걱정합니다. 한국 경제의 성장 동력은 사라졌고 안보에 대한 불안은 여전합니다. 사회는 양극단으로 갈라져 이념과 세대, 지역 갈등은 악화되고 빈부 격차는 확대되고 있습니다. 청년실업과 악화되고 있는 젠더 갈등은 2002년 월드컵 당시 청년들이 그토록 목청 높여 외쳤던 '대한민국'을 헬조선으로 표현하게 만들었습니다. 문제는 정치입니다. 과학기술의 발전과 국제 정세의 변화로 세상은 급변하고 있지만 이에 대응하는 한국 정치는 매우 후진적입니다. 미래와 혁신을 놓고 치열한 고민을 해도 모자랄 판에 수십 년 전, 나아가 100여 년 전 이야기를 두고 서로 죽일 듯이 싸웁니다. 정치권 자체가 과거 시대의 사람들로 꽉 차있기 때문입니다. 1960~1970년대에 갇힌 우파와 1980년대 운동권 사고방식에 사로잡힌 좌파는 답이 없습니다. 이준석의 사고방식은 자유롭습니다. 과거에 얽매이지 않고 현실을 직시하고 미래를 내다봅니다. 젊지만 자신만의 확고한 철학과 비전이 있습니다. 『공정한 경쟁』에는 한국 사회를 바라보는 이준석의 '답'이 담겨있습니다. 정치인 '이준석'의 내공이 만만치 않음을 느낍니다. 특히 교육과 과학기술, 경제에 대한 고민과 처방은 배울 점이 참 많습니다. 기존 정치권의 해법이 아니라 당황스러울 수도 있지만 한국 사회의 현안을 새롭게 바라보는 시각을 갖게 합니다. 어떤 이들은 이준석이 보수인지 아닌지 헷갈릴 수도 있습니다. 과거의 시각과 과거의 해법에서 벗어나지 못한다면 이해하지 못할 수도 있습니다. 마음을 비우고 열린 마음으로 이준석의 『공정한 경쟁』을 읽어 보시길 권합니다. 이 자리를 빌려 이준석 최고위원에 감사의 뜻을 전합니다. 이준석 최고위원은 하태경 청년정치의 멘토입니다. 이준석 최고위원이 없었으면 하태경의 청년정치도 없었습니다. 소외된 청년들을 대변하는 이준석 옆에 항상 하태경이 있을 것입니다. 나아가 시대 변화에 뒤처진 정치를 바꾸는 데 하태경과 이준석이 동지로서 함께 앞장서겠습니다. 하태경(국회의원)

공정한 경쟁

초판 1쇄 발행 2019년 6월 28일
초판 7쇄 발행 2021년 6월 25일

지은이 이준석
엮은이 강희진
펴낸이 이수철
주 간 하지순
교 정 차은선
디자인 권석중
마케팅 안치환
관 리 전수연

펴낸곳 나무옆의자
출판등록 제396-2013-000037호
주소 (10449) 고양시 일산동구 호수로 358-39 동문타워1차 202호
전화 02) 790-6630 팩스 02) 718-5752

페이스북 www.facebook.com/namubench9
인쇄 제본 현문자현

ISBN 979-11-6157-061-7 03810

* 나무옆의자는 출판인쇄그룹 현문의 자회사입니다.
* 이 책의 전부 또는 일부 내용을 재사용하려면
  사전에 저작권자와 도서출판 나무옆의자의 동의를 받아야 합니다.
* 이 도서의 국립중앙도서관 출판예정도서목록(CIP)은 서지정보유통지원시스템
  홈페이지(http://seoji.nl.go.kr)와 국가자료공동목록시스템(http://www.nl.go.kr/kolisnet)에서
  이용하실 수 있습니다. (CIP제어번호 : CIP2019023243)